달달 읽고 **곰곰** 생각하는

달콤한 문해력

초등 독해

달콤한 문해력 초등 독해
교과 연계 필독 도서를 수록했어요

📖 1단계

도서	출판사	교과 연계
안데르센 동화집 2	시공주니어	과학 3-1 동물의 한살이
책이 사라진 날	한솔수북	국어 1-2 소중한 책을 소개해요
또박또박 반갑게 인사해요	상상스쿨	국어 1-1 다정하게 인사해요
내가 하는 말이 왜 나빠?	리틀씨앤톡	국어 1-1 고운 말을 해요
말놀이 동시집	비룡소	국어 1-2 재미있게 ㄱㄴㄷ
광개토 대왕	비룡소	국어 2-2 인물의 마음을 짐작해요
허난설헌	비룡소	사회 3-2 시대마다 다른 삶의 모습

📖 2단계

도서	출판사	교과 연계
춘향전	보리	국어 3-1 내 마음을 편지에 담아
멋지다! 얀별 가족	노루궁뎅이	사회 3-2 가족의 구성과 역할 변화
빨간 머리 앤	시공주니어	도덕 3 친구는 왜 소중할까요
아홉 살 마음 사전	창비	국어 2-1 마음을 나타내는 말
큰 기와집의 오래된 소원	키위북스	사회 3-2 시대마다 다른 삶의 모습
선덕 여왕	비룡소	국어 2-2 인물의 마음을 짐작해요
이순신	비룡소	국어 2-2 인물의 마음을 짐작해요
내일도 발레	별숲	체육 3 건강 활동

📖 3단계 Ⓐ, Ⓑ

도서	출판사	교과 연계
간서치 형제의 책 읽는 집	개암나무	국어 4-2 독서 감상문을 써요
엉뚱이 소피의 못 말리는 패션	비룡소	도덕 4 아름다운 사람이 되는 길
어린이를 위한 슬기로운 미디어 생활	우리학교	국어 5-2 여러 가지 매체
꼴찌 없는 운동회	내인생의책	도덕 4-2 힘과 마음을 모아서
우리 동네 별별 가족	아르볼	사회 4-2 사회 변화와 문화의 다양성
날씬해지고 말 거야!	팜파스	도덕 4-1 아름다운 사람이 되는 길
세상을 바꾼 착한 부자들	상상의집	국어 2-2 자세하게 소개해요
옛날 관청과 공공시설	주니어중앙	사회 5-2 옛사람들의 삶과 문화
단추 마녀의 수상한 식당	키다리	체육 4 건강 활동
생각하는 올림픽 교과서	천개의바람	체육 4 경쟁
내 용돈, 다 어디 갔어?	팜파스	사회 4-2 필요한 것의 생산과 교환
거인 부벨라와 지렁이 친구	주니어RHK	도덕 3 나와 너, 우리 함께
이중섭	시공주니어	미술 3 미술가와 작품 이야기
행복한 왕자	비룡소	국어 3-1 문학의 향기
모차르트	비룡소	음악 5 음악으로 만드는 어울림
따끔따끔 우리가 전기에 중독되었다고?	영수책방	과학 3-1 물질의 성질
김홍도	주니어RHK	미술 4 다양한 미술과의 만남
존댓말을 잡아라	파란정원	국어 3-1 알맞은 높임 표현
퓰리처 선생님네 방송반	주니어김영사	국어 3-1 어떤 내용일까
알면 보물 모르면 고물, 지도	아르볼	사회 4-1 지역의 위치와 특성
지역 이기주의 님비 현상	뭉치	사회 4-1 지역의 공공기관과 주민 참여
다른 게 틀린 건 아니잖아?	양철북	사회 4-2 사회 변화와 문화의 다양성
조선 선비 유길준의 세계 여행	비룡소	사회 4-2 사회 변화와 문화의 다양성
자석 총각, 끌리스	해와나무	과학 3-1 자석의 이용
그해 유월은	스푼북	사회 5-2 사회의 새로운 변화와 오늘날의 우리
경국대전을 펼쳐라	책과함께어린이	사회 5-2 옛사람들의 삶과 문화

📖 4단계 Ⓐ, Ⓑ

도서	출판사	교과 연계
애덤 스미스 아저씨네 경제 문구점	주니어김영사	사회 4-2 필요한 것의 생산과 교환
코피 아난 아저씨네 푸드 트럭	주니어김영사	사회 5-2 사회의 새로운 변화와 오늘날의 우리
과학관으로 온 엉뚱한 질문들	정은문고	과학 5-2 생물과 환경
어린이를 위한 슬기로운 미디어 생활	우리학교	도덕 5 밝고 건전한 사이버 생활
은하마을 수비대의 꿈꾸는 도시 연구소	주니어김영사	사회 4-2 촌락과 도시의 생활 모습
똥 묻은 세계사	다림	사회 5-2 함께 살아가는 지구촌
조선의 여걸 박씨부인	한겨레아이들	사회 5-2 옛사람들의 삶과 문화
뻥이오, 뻥	문학동네	도덕 5 갈등을 해결하는 지혜
사자와 마녀와 옷장	시공주니어	국어 4-2 이야기 속 세상
모모	비룡소	도덕 3 아껴 쓰는 우리
악플 바이러스	좋은꿈	도덕 5 밝고 건전한 사이버 생활
후설	한국고전번역원 승정원일기번역팀	사회 5-2 옛사람들의 삶과 문화

📖 4단계 Ⓐ, Ⓑ

도서	출판사	교과 연계
칠 대 독자 동넷개	창비	국어 5-2 함께 연극을 즐겨요
오즈의 마법사	비룡소	과학 6-2 우리 몸의 구조와 기능
이모와 함께 도란도란 음악 여행	토토북	음악 4 음악, 모락모락 사랑
로봇 박사 데니스 홍의 꿈 설계도	샘터	과학 5-2 생물과 환경
좋은 돈, 나쁜 돈, 이상한 돈	창비	사회 4-2 필요한 것의 생산과 교환
팔만대장경과 불타는 사자	리틀씨앤톡	사회 5-2 옛사람들의 삶과 문화
프린들 주세요	사계절	국어 4-1 사전은 내 친구
한국사편지 1	책과함께어린이	사회 5-2 옛사람들의 삶과 문화
안네의 일기	효리원	도덕 5 갈등을 해결하는 지혜

📖 5단계 Ⓐ, Ⓑ

도서	출판사	교과 연계
모로 박사의 섬	–	도덕 3 생명을 존중하는 우리
몬스터 차일드	사계절	도덕 5 인권을 존중하며 함께 사는 우리
담배 피우는 엄마	시공주니어	국어활동 4 수록 도서
맛의 과학	처음북스	과학 6-2 연소와 소화
우리 문화 박물지	디자인하우스	미술 5 아름다운 전통 미술
잘못 뽑은 반장	주니어김영사	사회 6-1 우리나라의 정치 발전
내가 사랑한 서양 고전	연암서가	국어 5-1 작품을 감상해요
허생전	–	사회 6-1 우리나라의 경제 발전
레 미제라블	비룡소	국어 5-1 작품을 감상해요
너의 운명은	푸른숲주니어	사회 5-2 사회의 새로운 변화와 오늘날의 우리
청소년을 위한 삼국유사	서해문집	사회 5-2 옛사람들의 삶과 문화
내가 사랑한 동양 고전	연암서가	국어 5-1 작품을 감상해요
내 이름을 들려줄게	단비어린이	사회 5-1 인권 존중과 정의로운 사회
과학관으로 온 엉뚱한 질문들	정은문고	도덕 5 긍정적인 생활
인형의 집	비룡소	국어 5-1 작품을 감상해요
우리 학교가 사라진대요!	마음이음	사회 5-2 사회의 새로운 변화와 오늘날의 우리
외로우니까 사람이다	창비	국어 5-1 작품을 감상해요
파브르 곤충기	현암사	과학 5-1 다양한 생물과 우리 생활
우리말 모으기 대작전 말모이	푸른숲주니어	국어 5-2 우리말 지킴이
왕자와 거지	시공주니어	국어 5-1 작품을 감상해요
톰 아저씨의 오두막집	효리원	도덕 5 인권을 존중하며 함께 사는 우리
101가지 세계사 질문사전 2	북멘토	사회 5-1 인권 존중과 정의로운 사회
사피엔스	김영사	과학 5-2 생물과 환경
변신	푸른숲주니어	국어 5-1 주인공이 되어
유토피아	–	사회 6-2 세계 여러 나라의 자연과 문화
베니스의 상인	–	도덕 5 갈등을 해결하는 지혜
그리스 로마 신화	–	국어 5-1 작품을 감상해요

📖 6단계 Ⓐ, Ⓑ

도서	출판사	교과 연계
돈키호테	비룡소	사회 5-2 옛사람들의 삶과 문화
사피엔스	김영사	도덕 5 내 안의 소중한 친구
아이, 로봇	우리교육	실과 6 발명과 로봇
가자에 띄운 편지	바람의아이들	사회 6-2 통일 한국의 미래와 지구촌의 평화
동물 농장	비룡소	사회 6-1 우리나라의 정치 발전
위대한 철학 고전 30권을 1권으로 읽는 책	빅피시	사회 6-1 우리나라의 정치 발전
101가지 세계사 질문사전 2	북멘토	사회 6-2 통일 한국의 미래와 지구촌의 평화
이기적 유전자	을유문화사	과학 5-1 다양한 생물과 우리 생활
내가 사랑한 동양 고전	연암서가	국어 6-1 비유하는 표현
5번 레인	문학동네	도덕 5 갈등을 해결하는 지혜
모럴 컴뱃	스타비즈	도덕 5 밝고 건전한 사이버 생활
너의 운명은	푸른숲주니어	사회 5-2 사회의 새로운 변화와 오늘날의 우리
담을 넘은 아이	비룡소	사회 5-2 옛사람들의 삶과 문화
셰익스피어 이야기	비룡소	국어 6-2 함께 연극을 즐겨요
왕자와 거지	시공주니어	사회 5-1 인권 존중과 정의로운 사회
참을 수 없는 존재의 MBTI	디페랑스	도덕 4 함께 꿈꾸는 무지개 세상
체르노빌의 아이들	프로메테우스	사회 6-2 통일 한국의 미래와 지구촌의 평화
체리새우: 비밀글입니다	문학동네	도덕 5 내 안의 소중한 친구
우리 문화 박물지	디자인하우스	사회 5-2 옛사람들의 삶과 문화
프랑켄슈타인	–	도덕 5-1 인권 존중과 정의로운 사회
진달래꽃	–	국어 6-1 비유하는 표현
내가 사랑한 서양 고전	연암서가	국어 6-1 인물의 삶을 찾아서

책을 많이 읽으면 문해력이 저절로 높아질까요?

독해 교재를 여러 권 풀어 보면 해결될까요?

'달곰한 문해력'이 방법을 알려 줄게요.

흥미로운 생각주제로 연결된 두 개의 글을 읽어 보세요.

재미난 문학 글을 먼저 읽고~ 비문학 글을 읽으며 정리해 보세요.

우리에게 필요한 생각과 지식이 차곡차곡 쌓입니다.

달달 읽고 곰곰 생각하는 힘!

이제 '달곰한 문해력'으로 길러 볼까요?

이 책의
구성과 특장

❶ 생각주제

질문형으로 주제를 제시하여 읽을 글에 대한 호기심을 가질 수 있어요.

❷ 주제 연결 독해

하나의 주제로 연결된 2개의 글 읽기로 생각하는 힘이 자라요.

❸ 생각글 1

생각주제에 관한 문학, 고전, 사회 현상 등의 다양한 글을 읽어요.

❹ 생각글 2

생각주제와 관련된 꼭 알아야 할 개념을 읽고 생각을 넓혀요.

❺ 내용 요약

생각글의 중심 내용을 정리하고 핵심 어휘를 익혀요.

❻ 독해 문제 학습

내용 이해, 글의 구조 파악, 적용, 추론 등 독해 활동 문제를 풀어요.

❼ 주제 문해력 학습

2개의 생각글을 바탕으로 생각주제를 정리하고, 문제를 풀며 문해력을 키워요.

❽ 주제 어휘 학습

생각글에 나온 주제 어휘만 모아서 뜻을 익히고 활용해 보아요.

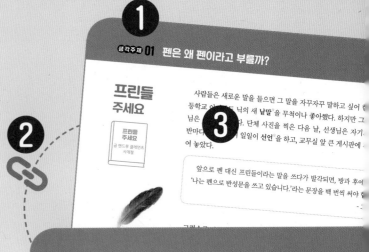

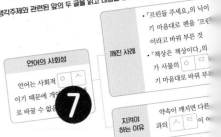

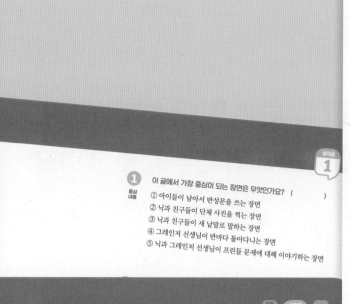

생각글 1

1 중심내용 이 글에서 가장 중심이 되는 장면은 무엇인가요? (   )
① 아이들이 남아서 반성문을 쓰는 장면
② 닉과 친구들이 단체 사진을 찍는 장면
③ 닉과 친구들이 새 낱말로 말하는 장면
④ 그레인저 선생님이 반마다 돌아다니는 장면
⑤ 닉과 그레인저 선생님이 프린들 문제에 대해 이야기하는 장면

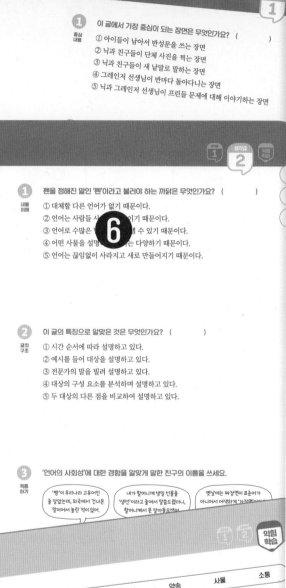

생각글 1 2

1 내용이해 펜을 정해진 말인 '펜'이라고 불러야 하는 까닭은 무엇인가요? (   )
① 대체할 다른 언어가 없기 때문이다.
② 언어는 사람들 사[...]이기 때문이다.
③ 언어로 수많은 [...] 낼 수 있기 때문이다.
④ 어떤 사물을 설명[...]는 다양하기 때문이다.
⑤ 언어는 끊임없이 사라지고 새로 만들어지기 때문이다.

2 글의구조 이 글의 특징으로 알맞은 것은 무엇인가요? (   )
① 시간 순서에 따라 설명하고 있다.
② 예시를 들어 대상을 설명하고 있다.
③ 전문가의 말을 빌려 설명하고 있다.
④ 대상의 구성 요소를 분석하며 설명하고 있다.
⑤ 두 대상의 다른 점을 비교하여 설명하고 있다.

3 적용하기 '언어의 사회성'에 대한 경험을 알맞게 말한 친구의 이름을 쓰세요.

'빵'이 우리나라 고유어인 줄 알았는데, 외국에서 건너온 말이어서 놀란 적이 있어.

내가 할머니께 생일 선물을 '생선'이라고 줄여서 말씀드렸더니, 할머니께서 못 알아들으셨어.

옛날에는 짜장면이 표준어가 아니어서 어색하게 '자장면'[...]

익힘학습 1 2

| 주제 어휘 | 낱말 | 언어 | 약속 | 사물 | 소통 |

4 다음 주제 어휘와 뜻을 알맞게 연결하세요.
(1) 소통 •
(2) 약속 •
(3) 낱말 •
(4) 언어 •
• ㉠ 뜻이 서로 통하여 오해가 없음.
• ㉡ 음성이나 기호로 생각이나 느낌을 나타내거나 전달하는 수단.
• ㉢ 다른 사람과 앞으로의 일을 어떻게 할 것인지 미리 정하여 둠.
• ㉣ 뜻을 가지고 있으며 홀로 쓰일 수 있는 가장 [...] 말의 덩어리.

5 다음 빈칸에 들어갈 알맞은 낱말을 주제 어휘에서 찾아 쓰세요.
(1) 세상에는 한국어, 중국어, 영어 등 여러 (   )가 있다.
(2) 시계가 없던 옛날에는 정확한 (   ) 시간을 정하기 어려웠다.
(3) 인상주의 화가들은 풍경이나 (   )의 인상을 그림으로 표현했다.
(4) 언어가 통하지 않는 외국인과 의사(   )할 때 표정, 손짓, 몸[...] 이 된다.

6 다음 문장의 밑줄 친 말과 바꿔 쓸 수 있는 낱말에 ○표 하세요.
[...]으며 사전을 찾아본다.

하나의 주제로 연결된 2개의 글 읽기로 진짜 문해력을 키워 보세요~!

Q '주제 연결 독해'란 무엇인가요?

초등학교 교과 과정의 주요 주제를 바탕으로 연결된 2개의 글을 읽고 문제를 푸는 독해 학습 방법이에요.

Q '주제 연결 독해'의 학습 효과는 무엇인가요?

주제 연결 독해를 반복하면 생각하는 힘이 길러지고, 이를 통해 진정한 문해력을 키울 수 있답니다.

Q 왜 문학과 비문학을 함께 수록했나요?

초등 과정에서는 문학, 현상, 개념 등의 다양한 글을 읽음으로써 지식을 쌓는 연습이 필요해요.

Q '생각주제'가 질문형인 이유는 무엇인가요?

질문형 주제를 보면 주제에 대한 흥미가 생기고, 주제에 대한 답을 찾는다는 목적을 가지고 글을 읽으면 집중도가 높아집니다.

Q 짧은 글 읽기로도 문해력이 길러지나요?

주제별 2개의 글을 읽고 익힘 학습으로 두 글을 정리하면 생각하고 표현하는 힘, 즉 '문해력'이 길러집니다.

이 책의
활용법

독해 **성취 수준**과 **학습 방법**에 따라
자신만의 **학습 계획**을 세워 공부할 수 있어요.

생각주제 **6**쪽

생각글 **1**

생각글 **2**

익힘 학습

차근차근
60일 완성

하루 2쪽

생각글 1을
꼼꼼히 읽고
문제를 풀어요.

하루 2쪽

생각글 2를
읽고 생각주제의
개념지식을 쌓아요.

하루 2쪽

앞의 두 생각글을
다시 읽고 문해력,
어휘력을 키워요.

탄탄하게
40일 완성

하루 4쪽

생각글 1과 **생각글 2**를 읽고
생각주제에 대한 내 생각을
정리해 봐요.

하루 2쪽

앞의 두 생각글을
다시 읽고 문해력,
어휘력을 키워요.

빠르게
20일 완성

하루 6쪽

생각글 1과 **생각글 2**를 읽고
생각주제에 대한 내 생각을 정리해 봐요.
익힘학습을 할 때는 생각글의 내용을 떠올리며 문제를 풀어 보아요.

이 책을 만든 **사람들**

초등 국어 **교과서 기획위원**과
현직 초등교사가 만들었어요.

기획진

● **방은수 교수님** 서울교육대학교 국어교육과 교수 | 초등 국어 교과서 기획위원
● **김차명 선생님** 광명서초등학교 교사 | 참쌤스쿨 대표 | 경기실천교육교사모임 회장 | (전) 경기도교육청 장학사
● **김택수 교수님** 경희사이버대학교 한국어문화학부 교수 | 경인교육대학교 유아교육과 강사 | 전국교사교육마술연구회 스텝매직 대표
　　　　　　　　 | (전) 초등학교 교사
● **정미선 선생님** 서울시교육청 자문관 (독서토론 분야) | (전) 중학교 국어 교사
● **최고봉 선생님** 인제남초등학교 교사 | 독서교육 전문가 | Yes24 한 학기 한 권 읽기 선정위원

집필진

● **강서희 선생님** 서울신흥초등학교 교사 | 한국교원대학교 국어교육 학사, 석사, 박사 | 2015, 2022 개정교육과정 국어 교과서 집필
● **공은혜 선생님** 서울보라매초등학교 교사 | 서울교육대학교 국어교육 학사, 서울교육대학교 초등국어교육 석사 | 2009 개정교육과정 국어 교과서 집필
● **김경애 선생님** 서울목동초등학교 교사 | 서울교육대학교 국어교육 학사, 서울교육대학교 초등국어교육 석사 | 2015 개정교육과정 국어 교과서 집필
● **김나영 선생님** 대전반석초등학교 교사 | 목원대학교 음악교육 학사, 한국교원대학교 음악교육 석사, 서울교육대학교 초등음악교육 박사 과정
● **김성은 선생님** 서울역촌초등학교 교사 | 서울교육대학교 국어교육 학사, 서울교육대학교 초등국어교육 석사
● **김일두 선생님** 용인백암초수정분교장 교사 | 한국교원대학교 초등교육 학사, 한국교원대학교 초등사회과교육 석사
● **박다빈 선생님** 서울연은초등학교 교사 | 서울교육대학교 초등교육 학사, 서울교육대학교 인공지능교육 석사
● **신다솔 선생님** 숙명여자대학교 국어국문학 학사, 서울대학교 국어교육 석사, 박사 과정
● **양수영 선생님** 서울계남초등학교 교사 | 서울교육대학교 국어교육 학사, 서울교육대학교 초등국어교육 석사 | KERIS 초등국어교육 영상콘텐츠 제작
● **윤주경 선생님** 서울역촌초등학교 교사 | 경인교육대학교 영어교육 학사, 서울교육대학교 초등사회과교육 석사
● **윤혜원 선생님** 서울대명초등학교 교사 | 서울교육대학교 초등교육 학사 | 2019~2022년 전국 기초학력평가 국어과 문항 검토위원 팀장
● **이지윤 선생님** 대구새론초등학교 교사 | 한국교원대학교 초등교육 학사, 한국교원대학교 문학교육 석사 | 2022 개정교육과정 국어 교과서 집필
● **이지현 선생님** 서울석관초등학교 교사 | 서울교육대학교 초등교육 학사, 서울교육대학교 초등국어교육 석사
　　　　　　　　 | 2015, 2022 개정교육과정 국어 교과서 집필
● **이혜경 선생님** 군산초등학교 교사 | 서울교육대학교 과학교육 학사
● **이희송 선생님** 서울명원초등학교 교사 | 서울교육대학교 초등교육 학사, 서울교육대학교 초등교육행정 석사
● **정혜린 선생님** 서울구룡초등학교 교사 | 서울교육대학교 국어교육 학사, 서울교육대학교 초등국어교육 석사
　　　　　　　　 | 2015 개정교육과정 부록 '순화어 지도 자료' 집필, 2022 개정교육과정 국어 교과서 집필
● **진　솔 선생님** 청주금천초등학교 교사 | 한국교원대학교 국어교육 학사, 한국교원대학교 초등국어교육 석사, 박사
　　　　　　　　 | 2022 개정교육과정 국어 교과서 집필

이 책의 차례

2개의 글을 연결해
재미있게 읽어요~

프린들 주세요

프린들
주세요

글 앤드루 클레먼츠
사계절

사람들은 새로운 말을 들으면 그 말을 자꾸자꾸 말하고 싶어 한다. 링컨 초등학교 아이들도 닉의 새 **낱말***을 무척이나 좋아했다. 하지만 그레인저 선생님은 그렇지 않았다. 단체 사진을 찍은 다음 날, 선생님은 자기가 가르치는 반마다 돌아다니며 일일이 **선언***을 하고, 교무실 앞 큰 게시판에 경고문을 붙여 놓았다.

> 앞으로 펜 대신 프린들이라는 말을 쓰다가 발각되면, 방과 후에 남아서 '나는 펜으로 반성문을 쓰고 있습니다.'라는 문장을 백 번씩 써야 합니다.
> - 그레인저

그럴수록 아이들은 새 낱말을 더 쓰고 싶어 했다. 어느 날 7교시가 끝날 때쯤, 그레인저 선생님은 닉에게 수업이 끝난 뒤에 남으라고 했다.

"벌을 주려는 게 아니다. 이야기 좀 하고 싶구나.   ⊙   "

닉은 가슴이 설레었다. 마치 전쟁 중에 **회담***이 열리는 것 같았다. 수업이 끝난 뒤, 닉은 그레인저 선생님 방에 고개를 내밀었다.

"저랑 이야기하고 싶다고 하셨죠?"

"그래, 니콜라스. 어서 들어와 앉아라.   ⓒ   "

닉이 자리에 앉자, 선생님은 닉을 바라보며 말했다.

"'프린들' 문제가 너무 커진 것 같지 않니? 내 생각엔 학교를 혼란에 몰아넣고 있는 것 같은데 말이야."

닉은 **마른침***을 꿀꺽 삼키고 말했다.

"제가 보기엔 잘못된 게 전혀 없어요. 그 말은 그냥 재미로 쓰는 거고, 이젠 어엿한 낱말이 되었어요. 좀 색다르긴 하지만 나쁜 말은 아니에요. 더구나 말이란 건 원래 그렇게 변하는 거라고 선생님이 그러셨잖아요."

선생님은 한숨을 쉬었다.

"   ⓒ   그런 식으로 새로운 말이 만들어지는 건 맞다만, 펜은 어떻게 되는 거니? 펜이 꼭 그…… 그런 말로 바뀌어야 할까? 펜이라는 말은 오랜 역사를 가지고 있어.   ②   펜은 하늘에서 뚝 떨어진 말은 아니야. 펜이 된 데에는 그럴 만한 이유가 있어."

어휘사전

* **낱말** 뜻을 가지고 있으며 홀로 쓰일 수 있는 가장 작은 말의 덩어리.

* **선언**(宣 베풀 선, 言 말씀 언) 국가나 집단이 자기의 의견, 주장 등을 널리 알림.

* **회담**(會 모일 회, 談 말씀 담) 어떤 문제를 가지고 거기에 관련된 사람들이 한자리에 모여서 토의함.

* **마른침** 긴장하였을 때 입 안이 말라 힘들게 삼키는 아주 적은 양의 침.

1 이 글의 내용과 일치하지 <u>않는</u> 것은 무엇인가요?　(　　　)

내용
이해

① 하트 모양의 실크 주머니에는 톱밥이 들어가 있다.

② 허수아비는 오즈에게 지혜를 얻을 수 있다고 생각한다.

③ 양철 나무꾼은 오즈가 주는 마음이 진짜 마음이 맞는지 물었다.

④ 오즈는 양철 나무꾼의 가슴을 도려내고 그 속에 주머니를 집어넣었다.

⑤ 오즈는 왕겨 한 그릇과 시침 핀, 바늘을 섞어서 허수아비의 머릿속에 넣어 주었다.

2 이 글의 등장인물이 원한 것과 오즈에게 받은 것을 ㉠와 ㉡에 알맞게 쓰세요.

내용
이해

등장인물	원한 것	오즈에게 받은 것
허수아비	㉮	왕겨와 시침 핀과 바늘을 섞은 것
양철 나무꾼	마음	㉯

3 ㉠의 의미를 가장 잘 이해한 친구의 이름을 쓰세요.

추론
하기

영인: '마음이 생기기만 하면.'이라는 뜻이야.
달희: '지금보다 더 똑똑해지기만 하면.'이라는 뜻이지.
만돌: '머리 모양이 지금보다 더 멋져지기만 하면.'이라는 뜻이야.

(　　　　　　　)

4 다음은 이 글과 **보기**의 사전 뜻풀이를 읽고 한 생각이에요. 빈칸에 알맞은 말을 쓰세요.

감상
하기

┤ 보기 ├
heart [하트]
[명사]　1. 심장, 가슴　　2. 가슴(부위)　　3. 마음

　이 글의 글쓴이는 '마음'을 뜻하는 영어 'heart'가 심장 또는 가슴이라는 뜻을 가지고 있어서 양철 나무꾼의 '마음'을 심장이 있는 위치인 □□에 넣어 준 것 같아.

인간의 감정을 다스리는 뇌

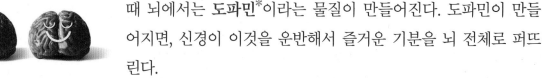

인간의 마음은 어디에 있을까? 「오즈의 마법사」에 나오는 위대한 마법사 오즈가 생각한 것처럼 심장에 있을까? 아니면 마음의 창인 눈에 있을까? 정답은 바로 '뇌*'이다. 뇌는 기쁨, 슬픔, 화 등의 감정*을 만들고 조절한다.

그렇다면 우리가 감정을 느낄 때 뇌에서는 어떤 일이 일어날까? 먼저 즐거운 감정을 느낄 때 뇌에서 어떤 일이 일어나는지 살펴보자. 우리는 주로 좋은 사람과 함께 있을 때, 갖고 싶던 것을 얻었을 때 즐거움을 느낀다. 이때 뇌에서는 도파민*이라는 물질이 만들어진다. 도파민이 만들어지면, 신경이 이것을 운반해서 즐거운 기분을 뇌 전체로 퍼뜨린다.

그러면 화가 날 때는 뇌에서 무슨 일이 일어나는지 살펴보자. 우리는 주로 누군가 마음에 안 드는 행동을 할 때 화가 난다. 이럴 때 화를 낼지 말지 결정하는 뇌 영역은 대뇌의 앞부분인 전두엽이다. 여기서 화를 낼지 참을지를 판단하고, 어떻게 얼마큼 화를 낼지 결정한다. 그리고 이때 해마*가 조언하는 역할을 한다. 비슷한 상황에서 화를 냈을 때, 어떤 결과가 있었는지 기억을 불러와 영향을 주는 것이다. 뇌가 이렇게 표현하는 것은 상대방에게 나의 상태를 보여 주어 함부로 하지 못하게 하기 위함이다. 즉 나를 지키기 위한 표현이다.

마지막으로 무서움을 느낄 때는 뇌에서 무슨 일이 일어나는지 살펴보자. 무서움은 주로 공포 영화를 볼 때, 무서워하는 것을 만났을 때 느끼는 감정이다. 위험한 상황이 닥치거나 무서운 것을 보면 뇌의 한 부위인 편도체*가 가장 먼저 반응한다. 편도체가 반응하고 위험하다는 신호를 보내면 이 신호를 받은 심장이 빨리 뛰게 된다. 그러면 온몸에 피가 빨리 돌아 에너지를 빠르게 많이 사용할 수 있어 무서운 것을 피해 도망갈 수 있다. 즉, 무서움은 우리가 위험한 상황에서 스스로를 보호하기 위해 느끼는 감정이다.

어휘사전

* **뇌**(腦 골 뇌) 머리뼈 안에 있는 신체 기관. 근육의 운동을 조절하고, 말하고 기억하고 생각하고 감정을 일으키는 중요한 부분이 있음.
* **감정**(感 느낄 감, 情 뜻 정) 기쁨, 슬픔, 두려움, 노여움처럼 어떤 일을 겪을 때 드는 느낌.
* **도파민**(dopamine) 기분을 좋게 하는 신경 전달 물질.
* **해마**(海 바다 해, 馬 말 마) 뇌에 속한 부위 중 하나로, 학습과 기억에 관여함.
* **편도체**(扁 납작할 편, 桃 복숭아 도, 體 몸 체) 뇌에 속하는 부위 중 하나로, 특히 공포 감정에 관여함.

내용요약

글의 중심 내용을 생각하며 빈칸의 낱말을 써 보세요.

인간의 감정은 ㄴ 에서 만들어지고 조절된다. 즐거운 경험을 하면 ㄷㅍㅁ 이 만들어지고, 화는 전두엽과 해마에 의해 조절되고, 무서움은 편도체에 의해 조절된다.

1

내용 이해

이 글의 내용과 일치하지 <u>않는</u> 것은 무엇인가요?   (   )

① 화를 낼지 말지 결정하는 뇌 영역은 해마이다.

② 뇌는 기쁨, 슬픔, 화 등의 감정을 만들고 조절한다.

③ 화와 무서움은 나 자신을 보호하기 위해 느끼는 감정이다.

④ 도파민은 사람이 기쁨이나 즐거움 같은 감정을 느낄 때 생긴다.

⑤ 위험한 상황이 닥치거나 무서운 것을 보면 편도체가 먼저 반응한다.

2

적용 하기

다음 **보기**의 ㉠에 해당하는 신체 부위는 어디인가요?   (   )

┤ 보기 ├

애니메이션 「인사이드 아웃」에서는 주인공 라일리의 머릿속에 있는 ㉠감정 컨트롤 본부의 이야기를 다룬다. 본부에서 열심히 일하는 '기쁨', '슬픔', '버럭', '까칠', '소심'의 다섯 캐릭터는 새로운 환경에 적응해야 하는 주인공을 위해 고군분투한다.

① 눈   ② 뇌   ③ 가슴

④ 심장   ⑤ 얼굴

3

비판 하기

이 글과 **보기**를 읽고 든 생각으로 가장 알맞은 것은 무엇인가요?   (   )

┤ 보기 ├

• 도파민은 즐거운 일을 실제로 겪을 때뿐만 아니라 상상하고 생각하는 것만으로도 만들어진다.

• 감정을 느끼는 정도는 사람마다 다르다. 기쁨을 느끼는 뇌 영역이 더 발달한 사람이 있다. 어떤 감정을 반복적으로 많이 느낄수록, 그 감정을 느끼는 뇌 영역이 발달한다.

① 내 몸은 내가 스스로 지켜야겠어.

② 건강한 뇌를 위해 좋은 음식을 먹고 운동을 해야겠어.

③ 게임하는 게 즐겁다고 해서 너무 오래 하지는 말아야겠어.

④ 친구에게 질투심이 느껴지면 당분간 친구와 멀리 지내야겠어.

⑤ 평소에 즐겁고 행복한 상상을 자주 하고 긍정적인 생각을 많이 해야겠어.

1 생각주제와 관련된 앞의 두 글을 읽고 내용을 정리해 보세요.

> **뇌**
>
> 인간이 느끼는 기쁨, 슬픔, 화 등의 감정을 만들고 조절함.

즐거움	화남	무서움
• 즐거움을 느끼면 뇌에서 ⬜ㄷ⬜ㅍ⬜ㅁ 이 만들어짐. • 신경이 이 물질을 운반해서 퍼트림.	• 대뇌의 앞부분인 전두엽에서 화를 낼지 말지 판단하고, 어떻게 얼마큼 화를 낼지 결정함. • 이때 ⬜ㅎ⬜ㅁ 가 조언하는 역할을 함.	• 편도체가 무서운 것에 반응하고 위험하다는 신호를 보냄. • 심장을 빨리 뛰게 하여 위험한 것을 피해 도망치게 함.

2 사람이 다음과 같은 감정을 느끼는 까닭을 알맞게 설명한 것을 골라 ◯표 하세요.

> • 우리 반 친구가 내가 만든 미술 작품을 장난으로 망가뜨렸다. 나의 멋진 작품이 엉망진창이 된 것을 보니 화가 나서 씩씩거릴 수밖에 없었다.
> • 어두운 밤에 혼자서 아파트 놀이터를 지나고 있는데, 뒤에서 누군가 쫓아오는 소리가 들렸다. 가슴이 두근거리고 다리가 후들거렸다. 나는 잽싸게 달려 집으로 들어왔다.

(1) 심장이 온몸에 혈액을 공급하고 순환시키는 거야.

(2) 뇌가 나를 보호하기 위해 이런 감정을 느끼게 하는 거야.

3 마음은 어떻게 만들어지는지 자신의 생각을 써 보세요.

인간의 마음은 ✎ _____

_____

_____

| 주제
어휘 | 지혜 | 마음 | 뇌 | 감정 | 도파민 |

4 다음 주제 어휘와 뜻을 알맞게 연결하세요.

(1) 뇌 •

(2) 감정 •

(3) 마음 •

(4) 도파민 •

• ㉠ 기분을 좋게 하는 신경 전달 물질.

• ㉡ 사람의 생각, 감정, 기억 따위가 생기거나 자리 잡는 곳.

• ㉢ 기쁨, 슬픔, 두려움, 노여움처럼 어떤 일을 겪을 때 드는 느낌.

• ㉣ 머리뼈 안에 있는 신체 기관. 근육의 운동을 조절하고, 말하고 기억하고 생각하고 감정을 일으키는 중요한 일을 함.

5 다음 빈칸에 들어갈 알맞은 낱말을 주제 어휘에서 찾아 쓰세요.

(1) 즐거운 상상을 했더니 (   )이 나와서 기분이 좋아졌다.

(2) 우리 부모님은 (   )이 풍부해서 슬픈 영화를 보면 늘 우신다.

(3) 온돌은 우리 조상들의 뛰어난 (   )가 담긴 과학적이고 독창적인 난 방법이다.

(4) 두개골은 우리 몸에서 가장 중요한 기관인 (   )를 보호하는 뼈이기 때문에 매우 단단하다.

6 다음 밑줄 친 말과 뜻이 비슷한 낱말을 주제 어휘에서 찾아 쓰세요.

김치에는 우리 조상들의 슬기가 담겨 있다. 신선한 채소가 부족한 겨울에도 채소를 먹을 수 있는 좋은 방법이기 때문이다. 그리고 김치에는 식이 섬유, 비타민, 무기질 등 각종 영양분이 들어 있어 건강에도 좋다.

(   )

똥 묻은 세계사

똥 묻은 세계사

글 김성호 다림

역사에서 말하는 서양의 중세는 서로마 제국이 멸망한 476년부터 약 1,000여 년의 시간을 말해요. 그렇다면 중세의 화장실 문화는 과거 로마 제국 시절보다 나아졌을까요? 대답은 '그렇지 않다.'예요. 오히려 **퇴보***하고 말았어요.

중세 도시의 집은 오늘날 다세대 주택처럼 4층 혹은 5층 건물이 많았어요. 그런데 화장실은 대부분 1층에 하나뿐이었어요. 세입자들은 화장실을 가기 위해 계단을 오르내리는 게 성가셨어요.

"그냥 버리자!"

사람들은 **요강***에다 볼일을 본 다음 창문을 열고 요강에 든 똥오줌을 버렸어요. 운 나쁘게 그곳을 지나가던 사람들은 하늘에서 쏟아지는 똥오줌을 뒤집어썼어요.

사람들이 삿대질을 하든 말든, 욕설을 퍼붓든 말든, 요강 주인은 태연했어요. 다들 그러고 살았으니까요. 산책 중에 요강 세례를 받지 않은 날은 '오늘은 운이 좋은데?'라고 생각할 정도였어요.

여자와 함께 걷던 남자는 자신은 도로 쪽에 서고 여자는 안쪽으로 걷게 했어요. 중세 주택은 처마가 도로 쪽으로 불쑥 튀어나와서 여자들을 처마 밑으로 걷게 하면 요강에서 쏟아지는 **오물***로부터 피할 수 있었어요. 오늘날 연인들이 데이트할 때 남자가 도로 쪽에 걷는 것을 매너 있다고 여기는 문화도 이때부터 생겼다고 해요.

한편, 여자들은 굽이 높은 신발을 신었어요. 중세 유럽의 여성은 땅에 질질 끌리는 긴치마나 드레스를 즐겨 입었어요. 똥 더미와 오물이 쌓인 거리를 걸으면 치마는 금세 더러워졌어요. 여성들은 치마를 보호하려고 쇼핀느라는 굽이 높은 신발을 신었어요. 이 쇼핀느는 굽이 뾰족한 구두, 하이힐의 유래가 되었어요.

또한 거리에 진동하는 똥오줌의 악취 때문에 사람들은 방향제를 몸에 뿌리기 시작했어요. 그것이 향수의 시작이라고 해요.

▲ 중세 유럽에서 유행한 높은 굽의 신발, 쇼핀느

어휘사전

* **퇴보**(退 물러날 퇴, 步 걸음 보) 정도나 수준이 지금보다 훨씬 뒤떨어지거나 못하게 되는 것.

* **요강** 방에 두고 오줌을 누는 그릇.

* **오물**(汚 더러울 오, 物 만물 물) 쓰레기나 똥오줌과 같이 지저분하고 더러운 물건.

1 이 글을 쓴 목적으로 알맞은 것은 무엇인가요? (   )

중심
내용

① 사람들에게 감동을 주기 위해서

② 개인이 하루 동안 겪은 일을 남기기 위해서

③ 여행에서의 경험과 느낌을 전달하기 위해서

④ 자신의 주장을 내세워 상대방을 설득하기 위해서

⑤ 어떤 대상에 대한 자세한 정보를 알려 주기 위해서

2 이 글의 내용으로 알맞은 것은 무엇인가요? (   )

내용
이해

① 중세에는 화장실이 주로 4, 5층에 있었다.

② 중세 사람들은 창문 밖으로 똥오줌을 버렸다.

③ 중세 유럽의 여성은 짧은 치마를 즐겨 입었다.

④ 중세 유럽의 여성은 굽이 낮은 신발을 신었다.

⑤ 중세에는 공중화장실과 공중목욕탕이 발달했다.

3 다음 보기를 바탕으로 이 글을 이해한 내용으로 가장 알맞은 것은 무엇인가요?

적용
하기

(   )

┤ 보기 ├

　　로마 제국에는 공중화장실이 있었다. 대리석 바닥에 일정한 간격으로 구멍을 뚫어 놓고, 그 아래에는 물이 흐르게 했다. 구멍 안에다 볼일을 보면 똥오줌이 아래로 떨어져 물에 씻겨 내려갔다.

① 중세 유럽의 공중화장실은 로마와 똑같았다.

② 중세 유럽인들은 로마인들보다 더 위생적이었다.

③ 로마 제국의 화장실이 중세 유럽보다 더 발달했다.

④ 중세 유럽의 요강은 로마 제국의 변기에서 유래되었다.

⑤ 중세 유럽인들은 로마인들처럼 길가에서 용변을 보았다.

위생 시설의 발전

어휘사전

* **상수도**(上 위 상, 水 물 수, 道 길 도) 먹거나 씻을 물을 관을 통하여 보내 주는 시설.

* **하수도**(下 아래 하, 水 물 수, 道 길 도) 쓰고 버린 더러운 물이 흘러가도록 만든 시설.

* **배수로**(排 물리칠 배, 水 물 수, 路 길 로) 물이 빠져나갈 수 있도록 만든 길.

* **정수**(淨 깨끗할 정, 水 물 수) 물을 걸러서 깨끗하고 맑게 함. 또는 그 물.

* **수명** 생물이 사는 햇수.

* **위생**(衛 지킬 위, 生 날 생) 병에 걸리지 않게 깨끗한 환경을 갖추는 것.

1 2000년 전, 고대 로마에는 오늘날과 같은 **상수도***와 **하수도***가 있었다. 도시가 발달하면서 많은 양의 물이 필요해져 최초의 상수도인 '아피아 수도'를 만들었다. 로마는 하수도 시설도 훌륭했다. 도로 곳곳에 **배수로***를 만들어 오물을 흘려보냈다. 이러한 시설을 바탕으로 로마는 공중화장실, 공중목욕탕 등이 발달했다.

2 그러나 고대 로마와 달리 중세 유럽 대부분의 도시에는 화장실이 없었다. 사람들은 길에다 똥오줌을 마구 버렸다. 오물은 강으로 흘러가 강물을 오염시켰고, 사람들은 먼 곳에서 깨끗한 물을 끌어와야 했다. 그래서 1619년 영국에는 최초의 물 공급 전문 회사가 세워졌다. 그 회사는 런던 시내에 상수도관을 만들고 가정에 물을 공급했다. 이때의 상수도 기술은 멀리 있는 물을 관을 통해 끌어오는 정도에 불과했다.

3 그러다 1854년 영국 런던에서 콜레라가 유행했다. 콜레라는 오염된 물을 마시거나, 오염된 물에 닿은 음식물을 먹었을 때 생기는 병이다. 콜레라에 걸리면 설사를 하고, 심하면 죽음에 이르기도 했다. 당시 사람들은 오염된 공기가 병을 일으킨다고 생각했다. 그런데 이때 런던의 의사 존 스노가 환자의 대부분이 어느 상수도 회사가 공급하는 물을 마셨다는 사실, 오염된 물을 통해 콜레라가 감염된다는 사실을 밝혔다. 이후 깨끗한 물이 중요하다는 것을 알게 된 여러 나라에서 상수도와 하수도를 나누어 관리하기 시작했고, **정수***처리 기술도 크게 발전했다.

4 깨끗한 수돗물이 보급되면서 인간의 평균 **수명***이 늘어났다. 1840년대 영국 시민의 평균 수명은 26세였는데, 정수 처리를 시작하면서 크게 늘었다. 과학자들에 따르면 인간의 수명이 늘어난 이유가 깨끗한 물 공급 등 개인위생의 발전 덕분이라고 한다. 이렇듯 **위생*** 시설의 발전으로 사람들은 깨끗한 물을 마실 수 있게 되었고, 질병의 위험으로부터 안전해졌다.

내용요약

글의 중심 내용을 생각하며 빈칸의 낱말을 써 보세요.

시간이 흐르면서 [ㅅ][ㅅ][ㄷ] 와 [ㅎ][ㅅ][ㄷ], 정수 처리 기술 등 위생 시설이 점차 발전하여 인간의 평균 수명이 크게 늘어났다.

1

중심
내용

이 글에서 가장 중심이 되는 말은 무엇인가요? (   )

① 질병   ② 콜레라   ③ 배수로
④ 평균 수명   ⑤ 위생 시설

2

내용
이해

콜레라에 대한 설명으로 알맞지 <u>않은</u> 것은 무엇인가요? (   )

① 1854년 런던에서 유행했다.
② 오염된 공기를 통해 감염된다.
③ 콜레라에 걸리면 설사를 한다.
④ 콜레라에 걸리면 죽을 수도 있다.
⑤ 의사인 존 스노가 콜레라의 원인을 밝혔다.

3

글의
구조

다음 **보기** 내용이 들어갈 가장 알맞은 위치는 어디인가요? (   )

┤ **보기** ├

　19세기 중반부터 유럽의 여러 나라에서는 물을 천천히 모래층에 통과시켜 깨끗하게 만드는 방법으로 물을 걸러 내기 시작했다. 1880년대에는 오존의 살균 효과가 알려지면서 여러 나라에서 정수장에 오존 처리 시설을 만들었다. 1902년 벨기에에서는 세계 최초로 수돗물에 염소 소독을 했다.

① **1**의 앞   ② **1**의 뒤   ③ **2**의 뒤
④ **3**의 뒤   ⑤ **4**의 뒤

4

감상
하기

이 글을 읽는 학생들이 보인 반응으로 가장 알맞은 것을 골라 기호를 쓰세요.

㉮ 영국에서 세계 최초로 상수도 시설을 만들었구나.
㉯ 고대 로마에 비해 중세 시대의 길이 더 깨끗했겠네.
㉰ 깨끗한 물 공급이 인간의 평균 수명에 많은 영향을 미치네.

(   )

주제 정리

1 생각주제와 관련된 앞의 두 글을 읽고 내용을 정리해 보세요.

위생 시설	인간의 건강에 유익하도록 만들어진 상하수도, 화장실 등의 시설

위생 시설 발전 과정	로마 제국 시대에는 상하수도 시설이 발달해 있었음. ↓ 중세 유럽에서는 똥오줌을 길에 마구 버려 물이 오염됨. 1619년 영국에 물 공급 회사가 세워져 런던에 상수도관을 만듦. ↓ ㅋ ㄹ ㄹ 가 오염된 물을 통해 전염된다는 것이 밝혀지면서 상하수도와 정수 처리 기술이 발전함.

위생 시설 발전의 영향	위생 시설의 발전으로 깨끗한 수돗물이 보급되면서 인간의 평균 ㅅ ㅁ 이 늘어나고 질병의 위험으로부터 안전해짐.

2 다음 두 물건에 대한 설명으로 알맞은 것을 골라 ○표 하세요.

하이힐이 치마를 땅에 끌리지 않게 해 줘.

향수가 나쁜 냄새를 없애 줘.

(1) 로마 제국의 화장실 문화의 영향으로 생겨났다.

(2) 중세 시대의 화장실 문화의 영향으로 생겨났다.

3 위생 시설이 왜 중요한지 자신의 생각을 써 보세요.

위생 시설이 중요한 까닭은 ✎ _____

_____

_____

주제 어휘	오물	상수도	하수도	정수	수명	위생

4 다음 뜻에 알맞은 주제 어휘에 ◯표 하세요.

(1) 생물이 사는 햇수. | 인명 | 수명 |

(2) 병에 걸리지 않게 깨끗한 환경을 갖추는 것. | 위생 | 정비 |

(3) 쓰고 버린 더러운 물이 흘러가도록 만든 시설. | 상수도 | 하수도 |

(4) 먹거나 씻을 물을 관을 통하여 보내 주는 시설. | 상수도 | 하수도 |

5 다음 빈칸에 들어갈 알맞은 낱말을 주제 어휘에서 찾아 쓰세요.

> (1) 생활 하수에는 음식 찌꺼기, 똥오줌 등의 (   )이 섞여 있다.
>
> (2) 수돗물은 강물에서 끌어 올린 물을 (   ) 처리하여 만들어진다.
>
> (3) 옛날 사람들은 지금보다 영양 상태나 위생 시설이 좋지 않아 (   )이 짧았다.
>
> (4) 세균을 모르던 옛날에는 사람들이 하수 처리나 정수 등의 (   ) 문제 에 크게 신경을 쓰지 않았다.

6 다음 밑줄 친 말과 뜻이 반대되는 낱말을 주제 어휘에서 찾아 쓰세요.

> 현대의 상수도는 강이나 저수지에서 끌어온 물을 깨끗하게 거르고 약품 처리 를 하여 공급한다. 이러한 정수 처리 과정에서 사용되는 물질인 염소 때문에 수 돗물에서는 특유의 냄새가 난다.

(   )

이모와 함께 도란도란 음악 여행

이모와 함께
도란도란
음악 여행
글 최은규
토토북

▲ 악보

어휘사전

＊ **악보**(樂 노래 악, 譜 악보 보) 음악의 곡조를 일정한 기호를 써서 기록한 것.

＊ **반주**(伴 짝 반, 奏 연주할 주) 노래를 도와주기 위하여 옆에서 다른 악기를 연주함.

＊ **음악**(音 소리 음, 樂 노래 악) 사상이나 감정을 음의 높낮이, 박자 등을 통해 소리로 나타내는 예술.

＊ **녹턴**(nocturne) 조용한 밤의 분위기를 나타낸 서정적인 피아노곡.

"와! **악보**＊가 진짜 크네. 창문만 해!"

"㉠이 악보는 지금으로부터 약 500년 전인 15세기에 쓰이던 것인데, 그때는 신이 창조한 사람의 목소리가 아주 훌륭한 것이라서 다른 악기의 **반주**＊가 필요하다고 생각하지 않았어. 또 신이 아니라 사람이 만든 악기는 신을 찬양하기에 적당하지 않다고 생각했지. 그래서 ㉡악보에도 따로 반주하는 악기가 등장하지 않아."

"악기나 **음악**＊에 대한 생각이 지금과 달랐나 봐."

"아주 많이 달랐지. 지금은 음악이 우리를 즐겁게 하는 예술이라고 많은 사람들이 생각하지만, 옛날 서양의 플라톤이나 동양의 공자 같은 사람들은 음악이 사람의 감정이나 성격에 큰 영향을 주어서 젊은이들에게 아무 음악이나 함부로 들려주면 안 된다고 했어."

"음악에 그런 힘이 있는 것 같기는 해. 어떤 음악을 들으면 기분이 상쾌해지고, 어떤 음악을 들으면 괜히 슬퍼지기도 하니까."

"은서도 이모가 좋아하는 피아노 음악인 쇼팽의 **녹턴**＊ 알지? 한밤중에 그 음악을 작게 틀어 놓고 가만히 눈을 감으면 왠지 눈물이 날 것 같아. ㉢이런 음악을 자꾸 들으면 감성적인 성격이 되지 않을까?"

"흐음, 그래도 나는 쇼팽이 좋은걸. ㉣쇼팽의 음악을 많이 듣는다고 갑자기 내 성격이 바뀔 것 같지는 않아. 정말 음악이 성격을 바꿀 수 있을까?"

"적어도 고대 그리스 사람들은 그렇게 생각했어. 그 시대의 유명한 철학자 아리스토텔레스는 어떤 게 좋은 음악이고 나쁜 음악인지 자세하게 적은 글을 남겼어. 그러면서 좋은 사람이 되려면 좋은 음악을 들어야 한다고 했지."

"음악이 사람을 바꾸다니!"

"그래서 음악이 중요했던 거야. 어떤 음악을 듣느냐에 따라 좋은 사람이 될 수도 있고, 나쁜 사람이 될 수도 있으니까."

"그럼 어떤 음악이 좋은 음악이지?"

"사람의 마음을 편안하게 해 주고 심성을 다듬어 줄 수 있는 음악."

1 이 글의 중심 내용은 무엇인가요? (   )

중심
내용

① 마음을 닦는 방법
② 신을 찬양하는 음악
③ 철학과 악보의 관계
④ 음악이 가지고 있는 힘
⑤ 좋은 음악을 가려내는 방법

2 이 글의 내용과 일치하는 것은 무엇인가요? (   )

내용
이해

① 공자는 음악을 많이 듣기를 권했다.
② 15세기에는 반주하는 악기가 필요하다고 생각했다.
③ 공자는 음악이 사람을 즐겁게 하는 예술이라고 했다.
④ 쇼팽은 좋은 사람이 되려면 좋은 음악을 들어야 한다고 했다.
⑤ 플라톤은 음악이 사람의 감정이나 성격에 큰 영향을 준다고 했다.

3 ㉠~㉣을 사실과 의견으로 나누어 각각 기호를 쓰세요.

추론
하기

사실	의견

4 이 글의 '이모'와 **보기**의 글쓴이가 공통으로 말하고자 하는 것은 무엇인가요?

적용
하기

(   )

| 보기 |

　평소 산책하거나 달리기할 때 빠른 음악을 들어요. 그런데 머리가 복잡하고 기분이 안 좋을 때 빠른 음악을 들으니 신경이 더 날카로워지더라고요. 그러다 우연히 클래식 음악을 듣게 되었어요. 비발디 사계 중 겨울이었는데, 신기하게 마음이 편안해졌어요. 여러분도 머릿속이 복잡할 땐 클래식 음악을 들어 보세요.

① 리듬감 있는 음악이 좋다.
② 어떤 음악이든 많이 들으면 좋다.
③ 음악은 개인의 취향에 맞게 들어야 한다.
④ 클래식 음악만이 사람의 마음을 위로할 수 있다.
⑤ 듣는 음악의 종류에 따라 기분이 달라질 수 있다.

음악의 힘

음악은 옛날부터 오늘날까지 전 세계 사람들이 즐기는 공통의 언어이다. 음악의 역사는 인류의 역사와 함께 시작되었다고 할 수 있다. 원시 시대에 모닥불을 피워 놓고 **부족*** 사람들끼리 둘러앉아 나뭇가지로 땅바닥을 두드렸을 때에도 **리듬***이 있었기 때문이다.

오늘날 사람들이 즐기는 음악의 종류도 다양하다. 대중음악과 클래식 음악, 전통 음악과 현대 음악 등 기준을 정하기에 따라 수없이 많은 갈래로 나뉜다. 그렇다면 음악에는 어떤 힘이 있어서 변함없이 사랑받는 것일까?

수학자 피타고라스는 ㉠음악으로 부정적인 감정을 억누르고, ㉡아픈 몸과 정신을 치료할 수 있다고 생각했다. 특히 음악의 리듬이 사람의 감정에 영향을 많이 미친다고 주장했다. 짧은 음 다음에 긴 음이 오는 것보다는, 긴 음 다음에 짧은 음이 오는 것이 사람들의 마음을 더 편안하게 만든다는 것이다. 베토벤의 「운명 **교향곡***」처럼 '딴딴딴 따~안' 하고 짧은 음이 나온 다음 긴 음이 나오면 불안한 느낌이 들지만, 차이코프스키의 「백조의 호수」처럼 '따아아아아 따아아 따아'하고 긴 음 다음에 짧은 음이 나오면 편안함과 안정감을 느낄 수 있다.

㉢음악은 스트레스를 풀어 주는 효과도 있다. 나의 의지와 상관없이 특정 노래가 머릿속에서 계속 맴돈 경험이 한 번씩 있을 것이다. '머리부터 발끝까지 ○○○○ C' 같은 중독성 있는 광고 속 노래들 말이다. 이렇게 어떤 곡의 멜로디나 가사가 뇌에서 계속 반복되는 현상을 '귀벌레 현상'이라고 한다. 이것은 심한 스트레스를 받았을 때 뇌가 스스로를 보호하려고 나타나는 현상이다. 음악 심리 전문가 비키 윌리엄슨 박사는 "우리가 스트레스를 받을 때, 혹은 잠이 부족할 때, 그리움을 느낄 때 이러한 현상을 경험한다."라고 하였다. 뇌가 반복된 **패턴***의 음악을 통해 긴장을 풀어 주는 것이다.

어휘사전
* **부족**(部 집단 부, 族 겨레 족) 같은 조상·언어·종교 등을 가진 지역적 생활 공동체.
* **리듬**(rhythm) 소리의 길이나 세기가 반복될 때의 그 규칙적인 음의 흐름.
* **교향곡**(交 사귈 교, 響 소리 울릴 향, 曲 굽을 곡) 관현악, 타악기, 현악기 들로 함께 연주하려고 만든 긴 곡.
* **패턴**(pattern) 일정한 형태나 양식 또는 유형.

내용요약
글의 중심 내용을 생각하며 빈칸의 낱말을 써 보세요.

○ ○ 은 인류가 시작될 때부터 사람들이 즐기는 공통의 언어이다. 이것은 감정을 조절하고, 스트레스를 풀어 주는 등 큰 힘이 있다.

1 이 글에 나오는 음악의 효과가 <u>아닌</u> 것은 무엇인가요? (   )

내용
이해

① 긴장을 풀어 준다.   ② 스트레스를 풀어 준다.

③ 아픈 몸과 정신을 치료한다.   ④ 창의성과 상상력을 길러 준다.

⑤ 부정적인 감정을 억누르게 해 준다.

2 이 글과 **보기**를 읽고 짐작한 것으로 알맞지 <u>않은</u> 것을 골라 번호를 쓰세요.

추론
하기

┤ 보기 ├

지은: 저녁에 대형 마트에 가면 신나는 음악이 나오잖아. 왜 그런 음악이 나오는
      걸까?

선우: 대형 마트는 사람이 붐비는 저녁에는 주로 빠른 음악을 틀고, 한적한 오전
      에는 느린 음악을 틀어 준대.

지은: 오전에는 왜 느린 음악을 트는 거야?

선우: 그건 사람들이 마트에 오래 머물게 하려고 그런 거래.

(1) 음악은 사람의 심리나 소비 욕구에도 영향을 미친다.

(2) 느린 음악은 고객이 마트에 머무는 시간을 길게 해 준다.

(3) 심리적 안정이 중요한 병원에서는 빠른 음악을 틀어 주는 것이 좋다.

(4) 손님들이 빨리 일을 보고 나가기를 바라는 매장에서는 빠른 음악을 틀 것이다.

(   )

3 다음 **보기** 내용은 ㉠~㉢ 중 무엇과 가장 관련이 있는지 골라 기호를 쓰세요.

적용
하기

┤ 보기 ├

   술에 취한 한 청년이 음악가에게 시비를 걸어 오며 막무가내로 소란을 피웠다.
그때 마침 피아니스트가 음악을 연주하고 있었다. 음악가는 피아니스트에게 긴
음이 반복되는 차분한 곡을 연주해 달라고 부탁했다. 피아니스트는 음악가의 부
탁대로 긴 음이 반복되는 연주를 했다. 그러자 흥분해서 소리치던 청년이 점점
차분해졌다.

(   )

자란다 문해력

1 생각주제와 관련된 앞의 두 글을 읽고 내용을 정리해 보세요.

음악의 힘

세계 공통의 ○ ○

• 음악의 역사는 인류의 역사와 함께 시작됨.
• 오늘날 사람들은 다양한 종류의 음악을 즐김.

음악의 효과

• 감정을 조절하게 해 줌.
• ㅅㅌㄹㅅ를 풀어 줌.

음악은 사람의 감정에 영향을 미치므로 좋은 음악을 들어야 함.

2 피타고라스가 음악에 대해 한 말을 통해 알 수 있는 것에 ○표 하세요.

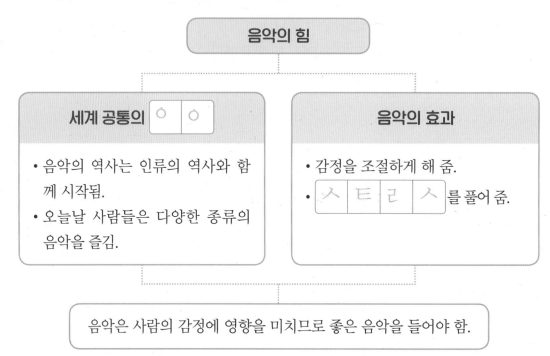

긴 음 다음에 짧은 음이 오는 것이 마음을 더 편안하게 만들지.

음악은 부정적인 감정을 억눌러 주지!

(1) 음악은 사람들의 감정에 여러 가지 영향을 미친다.

(2) 음악은 사람들의 지식을 더 확장시킨다.

3 음악은 왜 필요한지에 대해 자신의 생각을 써 보세요.

우리 삶에 음악이 필요한 까닭은 ✎

| 주제 어휘 | 악보 | 반주 | 음악 | 리듬 | 교향곡 |

4 다음 주제 어휘와 뜻을 알맞게 연결하세요.

(1) 반주 •

(2) 악보 •

(3) 리듬 •

(4) 음악 •

• ㉠ 음악의 곡조를 일정한 기호를 써서 기록한 것.

• ㉡ 노래를 도와주기 위하여 옆에서 다른 악기를 연주함.

• ㉢ 소리의 길이나 세기가 반복될 때의 그 규칙적인 음의 흐름.

• ㉣ 사상이나 감정을 음의 높낮이, 박자 등을 통해 소리로 나타내는 예술.

5 다음 빈칸에 들어갈 알맞은 낱말을 주제 어휘에서 찾아 쓰세요.

(1) 베토벤의 운명 (   )은 웅장하기로 유명하다.

(2) 언니와 나는 (   )를 보면서 젓가락 행진곡을 연주했다.

(3) 친구는 노래를 부르고 나는 옆에서 피아노 (   )를 했다.

(4) 세상에는 클래식, 가요, 민요, 동요 등 다양한 (   )이 있다.

6 다음 밑줄 친 말과 바꿔 쓸 수 있는 낱말을 주제 어휘에서 찾아 쓰세요.

이모 결혼식은 잘 다녀왔어?

은호

응. 언니가 노래를 부르고 나는 언니 노래를 도와주는 악기 연주를 했어.

강희

(   )

2장

2개의 글을 연결해
재미있게 읽어요~

달콤한 공부계획

로미오와 줄리엣

로미오와 줄리엣

글 윌리엄 셰익스피어

⊙이탈리아의 베로나 지역에서는 몬터규 **가문***과 캐퓰렛 가문이 오랜 기간 서로 원수처럼 지내고 있었다. 그런데 몬터규 가문의 아들인 로미오가 무도회에 숨어들었다가 캐퓰렛 가문의 외동딸인 줄리엣을 만난다. 그리고 둘은 서로 첫눈에 반하게 된다. 그날 밤, 로미오는 캐퓰렛 가문의 저택 담장을 몰래 넘어 줄리엣의 방 발코니 아래에서 달콤한 사랑을 고백한다.

로미오: ⓛ(애타는 목소리로) 나의 사랑 줄리엣, 부디 창문을 열어 주오. 아! 그대는 나의 사랑, 나의 달빛, 나의 애인이로구나. 부디 내 마음을 알아주었으면! 그대의 반짝이는 두 눈에 온 하늘에서 가장 아름다운 별이 들어 있구나. ⓒ오, 어찌 그대는 하필이면 캐퓰렛 가문의 사람인 것인가. 더 이상 마음을 주지 않으려 해도 그대가 만들어 내는 눈부시고 찬란한 **광채***에 난 어찌할 **도리***가 없어요.

줄리엣이 발코니에 나타난다.

줄리엣: ⓔ(작은 목소리로 속삭이듯이) 아…… 로미오!
로미오: 내 사랑이 말을 하는구나. 아, 다시 입을 열어요. 나의 빛나는 천사여.
줄리엣: (안타까워하며) 아, 로미오! 로미오! 로미오! 어째서 당신은 로미오인가요? 캐퓰렛 가문과 아버지를 잊으시고, 그 가문의 이름을 버리세요. 그것이 아니라면 저를 사랑한다는 맹세만이라도 해 주세요. 저도 캐퓰렛이라는 이름을 버리겠어요.
로미오: 나도 그대와 마찬가지로 몬터규라는 이름을 버릴 수 있소.
줄리엣: 당신 이름만이 내 원수일 뿐, 당신은 나의 당신이에요. 몬터규가 도대체 뭐람? 로미오, 제발 다른 이름이 되세요. 당신을 로미오라고 부르지 않아도 이미 당신은 나의 사랑인걸요.
로미오: (줄리엣을 향해 오른손을 뻗으면서) 오! 줄리엣. ⓜ그 무엇도 우리의 사랑을 갈라놓을 수 없다오. 만일 언젠가 캐퓰렛 사람에게 들키게 된다면 목숨이 위태롭겠지만, 그것을 **감수할*** 만큼 나는 당신을 사랑해요.

㉮**말리면*** 말릴수록 불타는 것이 사랑이다. 졸졸 흐르는 시냇물도 막으면 막을수록 더 거세게 흐른다.

어휘사전

* **가문**(家 집 가, 門 문 문) 가족 또는 가까운 친척으로 이루어진 공동체.
* **광채**(光 빛 광, 彩 채색 채) 아름답고 찬란한 빛.
* **도리**(道 길 도, 理 다스릴 리) 어떤 일을 해 나갈 방법.
* **감수**(甘 달 감, 受 받을 수)**하다** 꾸짖음이나 괴로움 따위를 달게 받아들이다.
* **말리다** 다른 사람이 하고자 하는 어떤 행동을 못 하게 하다.

1

중심
내용

빈칸에 알맞은 낱말을 넣어 이 글의 중심 사건을 정리하세요.

> 오랜 원수지간인 몬터규 가문의 로미오와 캐풀렛 가문의 줄리엣이 서로 첫눈에 반해 ☐☐에 빠졌다.

2

추론
하기

㉮를 통해 글쓴이가 말하고자 한 것은 무엇인가요? (   )

① 인내는 쓰고 열매는 달다.

② 나쁜 일은 한꺼번에 몰려온다.

③ 지나친 욕심은 불행을 가져온다.

④ 하지 말라고 하면 더 하고 싶어진다.

⑤ 욕심이 생길수록 참는 힘이 필요하다.

3

적용
하기

다음 **보기**를 참고하여 ㉠~㉤을 올바르게 이해하지 **못한** 것은 무엇인가요?

(   )

| 보기 |

> 무대에서 공연을 하기 위해 작가가 꾸며 낸 연극 대본을 '희곡'이라고 한다. 희곡은 크게 해설, 대사, 지문으로 이루어진다. '해설'은 무대나 인물, 배경 등을 설명하는 글이고, '대사'는 등장인물이 무대에서 하는 말이다. 그리고 '지문'은 등장인물이 어떤 표정과 몸짓 그리고 말투로 연기해야 하는지 알려 주는 글이다.

① ㉠은 무대나 인물, 배경 등을 설명하는 글이다.

② ㉡은 희곡의 해설에 해당한다.

③ ㉢은 등장인물이 무대에서 하는 말이다.

④ ㉣은 등장인물의 표정, 몸짓, 말투를 알려 주는 글이다.

⑤ ㉤은 등장인물의 대사에 해당한다.

칼리굴라 효과

TV 프로그램이나 영화 중에 '12세 이상 관람 가'라는 표시가 뜨는 것이 있다. 만 12세 미만 어린이들이 보기에 적절하지 않은 내용이 포함되어 있으니 보지 말라는 뜻이다. 그런데 아이들은 이런 프로그램이나 영화에 더 호기심*을 느끼며 보고 싶어 한다. 이렇게 하지 말라면 더 하고 싶어지는 현상을 '칼리굴라 효과*'라고 한다.

▲ 12세 이상 관람 가 등급 표시

'칼리굴라'는 고대 로마의 제3대 황제로, 초기에는 어질고 똑똑했으나, 열병을 앓고 난 뒤 성격이 변하여 백성을 잔인하게 괴롭히는 폭군*이 되었다. 1980년대 미국에서는 그를 다룬 영화 「칼리굴라」가 상영되었는데, 보스턴시에서는 이 영화가 지나치게 잔인하고 자극적이라는 이유로 상영을 금지*했다. 그런데 상영을 금지하자 더 많은 사람이 영화에 관심을 가졌다. 사람들은 영화를 보기 위해 다른 도시의 영화관으로 몰려가기까지 했다. 여기서 금지된 것에 대한 강렬한 호기심을 뜻하는 '칼리굴라 효과'라는 말이 생겨났다.

'백곰 효과'도 이와 비슷한 효과이다. 이는 어떤 것을 생각하지 말라고 하면 오히려 더 자주 생각하게 되는 현상을 말한다. 미국 하버드 대학교의 심리학자 다니엘 위그너는 참가자들을 두 집단으로 나누어 다음과 같은 실험을 했다. 1번 집단은 5분간 백곰을 마음껏 생각하게 하고, 2번 집단은 5분간 백곰을 생각하지 못하게 했다. 그리고 두 집단 모두에게 백곰이 생각날 때마다 벨을 누르도록 하였다. 실험 결과는 놀라웠다. 1번보다 2번 집단에 속한 사람들이 오히려 벨을 더 많이 누른 것이다.

이처럼 칼리굴라 효과나 백곰 효과가 나타나는 까닭은 무엇일까? 인간에게는 자기 생각대로 결정하고 행동하고 싶은 마음이 있는데, 그것을 금지당하면 자유를 빼앗겼다고 생각한다. 그래서 맞서고 싶은 마음이 일어나 이런 현상이 나타나는 것이다.

어휘사전

* **호기심**(好 좋을 호, 奇 기이할 기, 心 마음 심) 신기한 것을 좋아하거나 모르는 것을 알고 싶어 하는 마음.
* **효과**(效 힘쓸 효, 果 열매 과) 어떤 일을 하여 나타나는 보람이나 좋은 결과.
* **폭군**(暴 사나울 폭, 君 임금 군) 사납고 악한 임금.
* **금지**(禁 금할 금, 止 그칠 지) 법이나 규칙, 명령 등으로 어떤 것을 하지 못하도록 함.

내용요약

글의 중심 내용을 생각하며 빈칸의 낱말을 써 보세요.

| ㅋ | ㄹ | ㄱ | ㄹ | 효과는 하지 말라면 더 하고 싶어지는 현상을 말한다. 이는 금지당하면 자유를 빼앗겼다고 생각해 맞서고 싶은 마음이 일어나 생긴다.

1 '칼리굴라 효과'에 대한 설명으로 알맞지 <u>않은</u> 것은 무엇인가요? (   )

내용
이해

① 백곰 효과와 비슷한 효과이다.

② '칼리굴라'는 고대 로마 폭군 황제의 이름이다.

③ 칼리굴라 효과는 하지 말라면 더 하고 싶어지는 현상이다.

④ 금지당하면 자유를 빼앗겼다고 생각하여 맞서고 싶은 마음이 일어난다.

⑤ 영화 「칼리굴라」의 상영이 금지되자 사람들이 보러 가지 않아서 유래되었다.

2 '칼리굴라 효과'라는 말이 생겨난 과정에 맞게 순서대로 기호를 쓰세요.

글의
구조

> ㉠ 1980년대 미국에서 「칼리굴라」라는 영화가 상영되었다.
>
> ㉡ 보스턴시에 사는 사람들은 다른 도시까지 가서 영화를 보았다.
>
> ㉢ 보스턴시에서는 이 영화가 잔인하고 자극적이어서 상영을 금지했다.
>
> ㉣ 상영 금지 소식에 사람들은 오히려 이 영화에 더 많은 관심을 가졌다.

(   ) → (   ) → (   ) → (   )

3 '칼리굴라 효과'의 예를 알맞게 말하지 <u>못한</u> 친구는 누구인가요? (   )

적용
하기

① 경만: 부모님이 스마트폰을 못 쓰게 하니까 더 쓰고 싶어졌어.

② 태은: 친구가 절대 말하지 말라고 하면 왠지 더 말하고 싶어져.

③ 재호: 공부하지 말고 놀라고 하니까 괜히 더 공부하고 싶어졌어.

④ 지완: 물을 아껴 쓰라는 말을 자꾸 들으면 자연스럽게 물을 아껴 쓰게 돼.

⑤ 강민: 아빠가 가지고 놀지 말라고 높은 곳에 둔 장난감은 오히려 더 궁금해.

1 생각주제와 관련된 앞의 두 글을 읽고 내용을 정리해 보세요.

| ㅋ | ㄹ | ㄱ | ㄹ | 효과 |

하지 말라면 더 하고 싶어지는 현상

예시	원인	비슷한 효과
양쪽 집안이 반대하면 할수록 서로 더 사랑하게 되는 로미오와 줄리엣	인간에게는 자유 의지가 있는데, 그것을 금지당하면 맞서고 싶은 마음이 일어나 나타나는 현상	생각하지 말라고 하면 오히려 더 생각나는 ㅂ ㄱ 효과

2 두 그림이 설명하는 현상은 무엇인지 골라 ◯표 하세요.

(1) 자주 보면 호감도가 더 높아지는 현상

(2) 하지 말라면 더 하고 싶어지는 현상

3 '칼리굴라 효과'를 느끼거나 들어 본 경험을 떠올려 써 보세요.

나는 ✎ _____

_____

_____

| 주제 어휘 | 도리 | 말리다 | 호기심 | 효과 | 금지 |

4 다음 뜻에 알맞은 주제 어휘에 ○표 하세요.

(1) 어떤 일을 해 나갈 방법. |도리|도덕|

(2) 어떤 일을 하여 나타나는 보람이나 좋은 결과. |효과|도리|

(3) 다른 사람이 하고자 하는 어떤 행동을 못하게 하다. |말리다|놀리다|

(4) 신기한 것을 좋아하거나 모르는 것을 알고 싶어 하는 마음. |반항심|호기심|

5 다음 빈칸에 공통으로 들어갈 알맞은 낱말을 주제 어휘에서 찾아 쓰세요.

(1)
- 줄넘기를 하면 살이 빠지는 [ ]가 있다.
- 복습은 놀라운 학습 [ ]를 가져다준다.

→ [ ][ ]

(2)
- 어린이 보호 구역에 주차하는 것이 [ ]되었다.
- 우리 학교는 학교 안에서의 스마트폰 사용을 [ ]한다.

→ [ ][ ]

6 다음 밑줄 친 말과 뜻이 비슷한 낱말을 주제 어휘에서 찾아 쓰세요.

발명가나 과학자들의 공통점은 새롭고 신기한 것을 좋아하고 모르는 것을 알고 싶어 하는 마음이 크다는 것입니다. 유명한 발명가인 토머스 에디슨은 '태양이 없을 때는 어떻게 어둠을 밝힐 수 있을까?' 하는 궁금증을 가졌기 때문에 전구를 만들 수 있었습니다.

( )

애덤 스미스 아저씨네 경제 문구점

애덤 스미스 아저씨네 경제 문구점
글 예영
주니어김영사

어휘사전

* **부가세**(附 붙을 부, 加 더할 가, 稅 세금 세) 부가 가치세의 줄임 말. 물건을 살 때 물건에 더해지는 세금으로 물건값에 포함되어 있음.

* **가격**(價 값 가, 格 격식 격) 물건이 지니고 있는 가치를 돈으로 나타낸 것.

* **부가**(附 붙을 부, 加 더할 가) 주된 것에 덧붙임.

* **세금**(稅 세금 세, 金 쇠 금) 국가나 지방 자치 단체가 살림을 하기 위해 정해진 법에 따라 국민에게 거두어들이는 돈.

* **난감**(難 어려울 난, 堪 견딜 감)**하다** 이렇게 하기도 저렇게 하기도 어렵다.

태랑이는 완판의 기쁨에 취해 어느 때보다 맛있게 햄버거를 먹었어요. 그리고 입을 닦으려고 냅킨을 잡는데 생각지도 못했던 것이 눈에 들어왔어요. 햄버거를 산 영수증에 '**부가세***'라는 단어가 적혀 있었어요.

"어라, 햄버거값을 10퍼센트나 더 계산했네? 햄버거 세 세트 **가격***이 1만 5,000원인데 부가세 1,500원이 더 붙었어."

옆에서 영수증을 본 철현이가 태랑이에게 손짓했어요.

"햄버거값을 더 받으신 것 같아요. 저는 세 세트 시켰거든요?"

점원은 영수증을 살펴보고는 다시 건네주었어요.

"정확히 받은 거야."

태랑이는 영수증에 찍힌 부가세 부분을 손가락으로 짚었어요.

"아니에요. 여기 햄버거값 말고 부가세라고 10퍼센트나 더 받으셨잖아요."

"모든 상품의 가격에는 10퍼센트의 **부가*** 가치세가 포함되어 있어. 너, 우리 가게에서 햄버거 사 먹은 적 많지?"

태랑이가 고개를 끄덕였어요.

"네가 영수증을 꼼꼼히 안 봐서 그렇지, 그때도 항상 햄버거 가격에 부가 가치세라는 **세금***이 포함되어 있었어. 햄버거 말고 네가 가게에서 사 먹는 아이스크림이나 과자에도 다 부가 가치세가 포함되어 있고."

"말도 안 돼요. 전 한 번도 그런 걸 내 본 적이 없는걸요. 그리고 저는 돈도 벌지 않는 어린이인데 왜 세금을 내요?"

태랑이는 점원에게 손바닥을 펴 보였어요.

"어서 거스름돈 주세요."

점원은 **난감한*** 표정을 지으며 어깨를 으쓱였어요.

"거슬러 줄 게 없어. 나는 정확한 금액을 받은 거야!"

태랑이는 어쩔 수 없이 거스름돈을 포기하고 햄버거 가게를 나와야 했어요.

1
추론
하기

태랑이 점원에게 햄버거값을 더 받았다고 말한 까닭은 무엇인가요? (   )

① 평소보다 부가 가치세를 더 많이 받아서

② 과자와 아이스크림에 부가세가 붙어 있어서

③ 햄버거값에 부가세 1,500원이 더 붙어 있어서

④ 햄버거를 세 세트 시켰는데 햄버거가 덜 나와서

⑤ 부가 가치세가 없는 물건에 부가 가치세가 포함되어서

2
내용
이해

다음 빈칸에 알맞은 말을 넣어 '부가 가치세'가 무엇인지 정리하세요.

> 부가 가치세란 과자나 아이스크림 같은 [ ][ ] 가격에 포함되어 있는 세금이다.

3
적용
하기

보기는 지후가 문구점에서 물건을 사고 받은 영수증이에요. 영수증을 보고 알맞게 말하지 <u>못한</u> 것은 무엇인가요? (   )

┤ **보기** ├

영수증

상품명	1개 가격	수량	금액
연필	300원	10	3,000원
지우개	1,000원	2	2,000원
공책	2,000원	5	10,000원
상품 가격			13,500원
부가세			1,500원
합계			15,000원

① 연필 한 자루의 부가세는 300원이야.

② 지우개 두 개의 부가세는 200원이야.

③ 구매한 공책 전부의 부가세는 1,000원이야.

④ 구매한 문구 전체의 부가세는 1,500원이야.

⑤ 공책 한 권 값에 포함된 부가세는 200원이야.

세금의 종류와 쓰임

우리나라 헌법 제38조에는 '모든 국민은 법률이 정하는 바에 의하여 **납세***의 의무를 진다.'라고 되어 있다. 세금은 국가나 지방 자치 단체가 **살림***을 하기 위해 정해진 법에 따라 국민에게 거두어들이는 돈이다.

세금은 내는 방식에 따라 직접세와 간접세로 나뉜다. 직접세는 돈을 번 사람이나 회사가 나라에 직접 내는 세금이다. 일을 해서 번 소**득***의 일부를 내는 소득세, 집이나 땅을 가지고 있는 사람들이 내는 재산세, 자동차를 가진 사람들이 내는 자동차세 등이 직접세이다. 직접세는 많이 벌면 많이 내고, 적게 벌면 적게 낸다.

간접세는 상품이나 서비스 값에 포함되어 있어, 세금을 내는 줄도 모르고 간접적으로 내는 세금이다. 상품을 살 때 내는 부가 가치세, 이동할 때 내는 통행세 등이 간접세이다. 이러한 간접세는 소득이나 재산의 많고 적음에 상관없이 모든 국민이 똑같이 낸다.

그렇다면 어린이가 주로 내는 세금은 무엇일까? 바로 부가 가치세이다. 우리가 햄버거를 사 먹을 때, 문방구에서 연필을 살 때, 미용실에서 커트를 할 때 모두 '부가 가치세'가 붙는다. 부가 가치세는 보통 상품 가격의 10퍼센트 정도이다. 즉, 1,100원짜리 색연필을 샀다면 원래 색연필 가격은 1,000원이고, 여기에 100원의 부가 가치세가 덧붙어서 1,100원이 되는 것이다. 하지만 우리가 쓰는 모든 상품이나 서비스에 부가 가치세가 붙는 것은 아니다. 버스나 지하철 같은 대중교통은 모든 시민들이 같이 이용하기 때문에 부가 가치세가 붙지 않는다.

세금은 국가를 유지하고, 위험으로부터 국민의 생명과 재산을 보호하고, 국민이 편안하고 행복하게 생활할 수 있도록 만드는 데 쓰인다. 그러므로 국민들은 세금을 성실히 내야 한다.

어휘사전

* **납세**(納 들일 납, 稅 세금 세) 세금을 냄.

* **살림** 국가나 집단의 재산을 관리하고 경영하는 일.

* **소득**(所 바 소, 得 얻을 득) 일한 결과로 얻은 정신적·물질적 이익.

내용요약

글의 중심 내용을 생각하며 빈칸의 낱말을 써 보세요.

ㅅ ㄱ 은 국가나 지방 자치 단체가 살림을 하기 위해 정해진 법에 따라 국민에게 거두어들이는 돈으로, 내는 방식에 따라 직접세와 간접세로 나뉜다.

1

중심
내용

이 글을 쓴 까닭으로 알맞은 것을 골라 번호를 쓰세요.

(1) 세금을 내는 방법을 알려 주기 위해

(2) 세금의 종류와 쓰임을 알려 주기 위해

(3) 어린이도 세금을 내는 이유를 알려 주기 위해

(   )

2

내용
이해

이 글의 내용으로 알맞지 <u>않은</u> 것은 무엇인가요? (   )

① 정부는 세금으로 국가 살림을 한다.

② 부가 가치세와 통행세는 직접세이다.

③ 부가 가치세는 어린이도 내는 세금이다.

④ 소득세는 소득에 따라 내는 금액이 다르다.

⑤ 세금을 내는 것은 우리나라 국민의 의무이다.

3

내용
이해

㉠과 ㉡에 들어갈 알맞은 말을 이 글에서 찾아 쓰세요.

세금을 내는 방식	㉠	소득세, 재산세, 자동차세 등
	㉡	부가 가치세, 통행세 등

㉠: (   ), ㉡: (   )

4

추론
하기

세금을 내지 않을 경우에 일어날 일을 알맞게 짐작한 것은 무엇인가요?

(   )

① 국가의 살림살이가 넉넉해질 것이다.

② 소득이 많은 사람과 적은 사람의 차이가 줄어들 것이다.

③ 무료로 학교에 다닐 수 있도록 법으로 정한 기간이 늘어날 것이다.

④ 수도나 전기 시설을 유지할 수 없어 온 국민이 피해를 보게 될 것이다.

⑤ 도로, 다리와 같은 공공시설이나 경찰서, 박물관 같은 공공 기관이 늘어날 것이다.

 1 생각주제와 관련된 앞의 두 글을 읽고 내용을 정리해 보세요.

> $\boxed{ㅅ}\ \boxed{ㄱ}$
>
> • 국가나 지방 자치 단체가 살림을 하기 위해 국민에게 거두어들이는 돈
> • 세금을 내는 방식에 따라 직접세와 간접세가 있음.

직접세	간접세
• 돈을 번 사람이나 회사가 나라에 $\boxed{ㅈ}\ \boxed{ㅈ}$ 내는 세금	• 물건이나 서비스 값에 포함되어 $\boxed{ㄱ}\ \boxed{ㅈ}$ 적으로 내는 세금
• 많이 벌면 많이 내고 적게 벌면 적게 냄.	• 소득이나 재산의 많고 적음에 상관없이 똑같이 냄.
• 소득세, 재산세, 자동차세 등이 있음.	• 부가 가치세, 통행세 등이 있음.

2 다음 글을 읽고, 세금에 대해 알맞게 설명한 것을 골라 ○표 하세요.

> 스웨덴은 모든 국민에게 인간다운 삶을 보장하는 복지 국가로 유명하다. 태어나서 죽을 때까지 국민 모두를 국가에서 보호하고 책임진다. 아프면 병원에서 무료로 치료받을 수 있고, 직장을 잃으면 생활비를 주며, 교육도 무료로 시켜 준다. 하지만 이 모든 것을 국민이 낸 세금으로 하기 때문에 스웨덴 사람들은 소득의 절반 이상을 세금으로 낸다. 돈을 많이 버는 사람일수록 내는 세금 또한 많다.

(1) 국민 개인의 행복과 삶의 질을 세금으로 해결할 수 없다.

(2) 세금으로 국민이 더 행복하게 살 수 있는 환경을 만들 수 있다.

3 어린이가 사는 물건에 세금이 포함되어 있는 것에 대해 자신의 생각을 써 보세요.

나는 어린이가 사는 물건에 세금이 포함되어 있는 것이 🖉

주제 어휘	가격	부가	세금	납세	살림	소득

4 다음 주제 어휘와 뜻을 알맞게 연결하세요.

(1) 살림 •

(2) 세금 •

(3) 부가 •

(4) 소득 •

• ㉠ 주된 것에 덧붙임.

• ㉡ 일한 결과로 얻은 정신적·물질적 이익.

• ㉢ 국가나 집단의 재산을 관리하고 경영하는 일.

• ㉣ 국가나 지방 자치 단체가 살림을 하기 위해 정해진 법에 따라 국민에게 거두어들이는 돈.

5 다음 빈칸에 들어갈 알맞은 낱말을 주제 어휘에서 찾아 쓰세요.

(1) 물건을 살 때 물건값에 포함된 세금은 (   ) 가치세이다.

(2) 동구가 올해 우리 반의 (   )을 맡아 줄 회장으로 뽑혔다.

(3) 복지 국가의 국민은 소득의 많은 부분을 (   )으로 내야 한다.

(4) 명절이 다가오자 과일과 생선 등의 농수산물 (   )이 많이 올랐다.

6 다음 밑줄 친 말과 뜻이 비슷한 낱말을 주제 어휘에서 찾아 쓰세요.

국가는 국민 개개인이 해결할 수 없는 국방, 교육, 도로 건설 등에 세금을 사용하여 국민들이 편하고 행복하게 살 수 있게 해 준다. 국민들은 국가가 주는 많은 혜택을 누리기 위해 세금 내는 일을 성실하게 해야 한다.

(   )

목소리가 이상해요

지호와 사이가 서먹해진 것은 지난 화요일부터였다. 학원을 마치고 편의점에서 삼각김밥과 컵라면을 먹는 것이 우리들의 작은 즐거움인데, 그날은 지호가 인사도 없이 뛰어나갔다. 화장실에 가는 줄 알았는데, 나와 보니 편의점에서 라면을 먹고 있었다. 혼자 라면을 먹다가 눈이 마주친 지호는 어색한 표정을 지었다. 평소와 다른 지호 행동에 신경이 쓰여 식욕도 잠도 잃어버렸다. 그러다가 결국 열도 기침도 없는 이상한 목감기에 걸렸다.

월요일, 반에서 창작 동요 연습이 한창일 때였다.

"아카시아 꽃잎이 흩날려요, 하늘하늘……."

꽃잎이 흩날릴 때부터 불안불안하더니 결국 '하'에서 듣기 싫게 목소리가 갈라졌다. 친구들은 킥킥 웃기 시작했다.

목소리보다 더 이상한 건 내 감정이었다. 전에는 일이 마음대로 되지 않으면 화가 났었는데, 요즘은 힘이 빠지면서 쓸쓸한 기분이 든다. 수업을 마치고 학원에 가는 길이었다. 등 뒤에서 낮고 굵은 목소리가 들려왔다.

"소이든! 학원에 가냐?"

돌아보니 지호였다. 그 낮고 굵은 목소리가 지호라니.

지호는 목도 쉬고 표정도 어두웠다.

㉠"왜 불러?"

"이든이 너도? 너도 **변성기***구나."

시무룩했던* 지호 표정이 갑자기 밝아졌다. 지호는 지난주부터 갑자기 평소와 다른 목소리가 났다고 했다. 목감기에 걸린 줄 알고 말을 아꼈는데, 아빠가 변성기가 시작된 거라고 말씀해 주셨단다. 사춘기가 되면 **호르몬***의 영향으로 **성대*** 모양이 변해서 변성기가 와 목소리가 변한다는 것이다.

"이든아, 정말. 신기하다. 어떻게 변성기도 같이 시작되지?"

알 수 없는 변화 때문에 또 힘들어질 수도 있지만, 그래도 친구들과 함께 겪어 낼 일이라고 생각하니까 조금 안심이 됐다. 오늘은 왠지 편안하게 잠들 수 있을 것 같다.

어휘사전

＊ **변성기**(變 변할 변, 聲 소리 성, 期 기약할 기) 사춘기에 성대에 변화가 일어나 목소리가 변하는 시기.

＊ **시무룩하다** 마음에 못마땅하여 말이 없고 얼굴에 언짢음이 드러나다.

＊ **호르몬**(hormone) 동물의 몸속을 돌며 몸의 기관이나 조직이 활동하는 것을 돕거나 억제하는 물질.

＊ **성대**(聲 소리 성, 帶 띠 대) 말을 하고 숨을 쉬는 데 중요한 일을 하는 기관. 목소리는 이 성대가 떨리면서 나옴.

54

1 이 글에서 가장 중요한 말은 무엇인가요?   (   )

중심
내용

① 목감기   ② 변성기   ③ 학원

④ 동요 연습   ⑤ 편의점 라면

2 일이 일어난 순서에 맞게 차례대로 기호를 쓰세요.

글의
구조

> ㉮ 이든은 동요 연습을 하다가 목소리가 갈라졌다.
> ㉯ 이든은 열도 기침도 없는 이상한 목감기에 걸렸다.
> ㉰ 이든은 지호도 자기와 같은 변성기라는 것을 알게 되었다.
> ㉱ 학원 수업이 끝나고 지호가 혼자 편의점에 가서 라면을 먹었다.

(   ) → (   ) → (   ) → (   )

3 ㉠에 어울리는 말투로 알맞은 것은 무엇인가요?   (   )

감상
하기

① 다정한 말투   ② 걱정스러운 말투

③ 퉁명스러운 말투   ④ 우스꽝스러운 말투

⑤ 다급하고 빠른 말투

4 이 글에 나타난 **보기**와 관련된 변화 두 가지를 찾아 ○표 하세요.

적용
하기

> ┤ **보기** ├
>
> 사춘기가 되면 성 호르몬이 많이 나와 남성에게 있는 '울대뼈(목 중앙에 앞으로 튀어나와 있는 부위)'를 더 두드러지게 하고 성대 길이를 변화시킨다. 그래서 어릴 때의 높고 가는 목소리가 낮고 굵게 바뀌는 것이다. 이 시기를 '변성기'라고 한다.

(1) 소리가 갈라졌다.   (   )

(2) 열과 기침이 났다.   (   )

(3) 목소리가 낮고 굵어졌다.   (   )

(4) 힘이 빠지고 쓸쓸한 기분이 들었다.   (   )

우리 몸을 조절하는 호르몬

어느 날 갑자기 목소리가 변하고 여드름이 나고 엉덩이가 커져도 놀라지 말자. 이는 우리 몸과 마음이 성장하는 과정에서 나타나는 자연스러운 일이다. 이런 변화가 일어나는 시기를 '사춘기*'라고 한다. 우리 몸에서 여러 가지 호르몬이 나오는데, 이 호르몬이 사춘기 때 여러 변화를 일으키는 원인이다.

호르몬을 처음 발견한 사람은 영국의 과학자 스탈링과 베일리스이다. 그들은 십이지장에서 나오는 어떤 물질이 소화액을 더 잘 나오게 한다는 것을 발견하였다. 이것이 최초로 발견된 호르몬이다. 호르몬은 우리 몸속 구석구석을 돌아다니며 기관*이나 조직*이 잘 활동하도록 도와주는 물질이다. 호르몬은 키를 크게 해 주고, 지방을 분해하거나 체온을 조절해 주고, 심지어 감정까지 조절해 준다.

여러 호르몬 중 사춘기 변화에 영향을 미치는 것은 '성 호르몬'이다. 이것은 생식기의 성장과 조절에 관여하여 남자와 여자의 특징이 더 두드러지게 만든다. 남자는 성 호르몬의 영향으로 목소리가 굵어지고 수염이 나고 어깨가 넓어진다. 그리고 여자는 가슴이 나오고 골반이 넓어진다.

우리가 자라는 데 영향을 많이 주는 것은 성장 호르몬이다. 성장 호르몬은 뼈와 근육 발달에 작용*해 키뿐만 아니라 얼굴, 손, 발도 커지게 한다. 그리고 지방을 분해해 뚱뚱해지는 것을 막아 주고, 신체에 활력을 준다. 성장 호르몬은 ㉠수면, 영양, 운동, 바른 자세 등의 조건이 갖춰질 때 잘 분비* 된다.

호르몬은 아주 적은 양으로도 몸에 큰 영향을 주기 때문에, 너무 많아도 너무 적어도 문제가 된다. 성장 호르몬이 많이 나와서 키가 쑥쑥 크면 좋을 것 같지만, 너무 많이 나오면 턱, 코, 손, 발 등 몸 끝부분이 커지는 병이 생긴다.

어휘사전

* **사춘기**(思 생각 사, 春 봄 춘, 期 기약할 기) 몸도 마음도 어른이 되어 가는 시기.

* **기관**(器 그릇 기, 官 벼슬 관) 일정한 모양과 기능을 가지고 있는 생물체의 부분.

* **조직**(組 짤 조, 織 짤 직) 같은 기능과 구조를 가진 세포 집단.

* **작용**(作 지을 작, 用 쓸 용) 어떤 현상을 일으키거나 영향을 미침.

* **분비**(分 나누어 줄 분, 泌 졸졸 흐를 비) 세포에서 만들어진 침이나 소화액, 호르몬 등을 내보내는 일.

내용요약

글의 중심 내용을 생각하며 빈칸의 낱말을 써 보세요.

[호][르][몬]은 우리 몸속 구석구석을 돌아다니며 기관이나 조직이 잘 활동하도록 도와주는 물질이다. 성 호르몬, 성장 호르몬 등이 있으며, 적절한 양이 분비되도록 조절하는 것이 중요하다.

1 이 글을 쓴 까닭으로 알맞은 것은 무엇인가요? (   )

중심
내용

① 사춘기 시기에 나타나는 감정의 변화를 살펴보기 위해

② 사춘기에 대한 일화를 통해 독자에게 감동을 주기 위해

③ 호르몬에 대한 전문가의 의견을 자세하게 소개하기 위해

④ 호르몬 양이 적절하게 분비되도록 하는 방법을 알리기 위해

⑤ 호르몬이 인간 몸에서 하는 일에 대한 정보를 전달하기 위해

2 호르몬에 대한 설명으로 알맞은 것을 두 가지 고르세요. (   )

내용
이해

① 호르몬은 많이 나올수록 좋다.

② 처음 발견된 호르몬은 성장 호르몬이다.

③ 성 호르몬은 사춘기 때 아이들의 몸에 영향을 미친다.

④ 성장 호르몬은 뼈와 근육 발달에 작용해 우리 몸을 커지게 한다.

⑤ 성 호르몬이 많이 나오면 턱, 코, 손, 발 등 몸 끝부분이 커지는 병이 생긴다.

3 다음 **보기**의 연구 결과를 보고 성장 호르몬 분비에 많은 영향을 미치는 두 가지를
㉠에서 찾아 쓰세요.

적용
하기

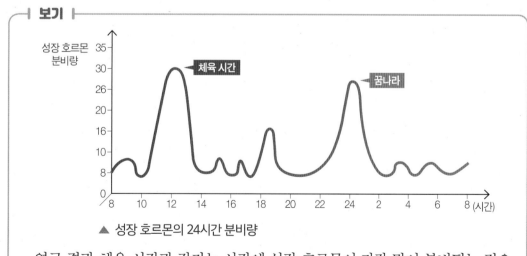

▲ 성장 호르몬의 24시간 분비량

　연구 결과 체육 시간과 잠자는 시간에 성장 호르몬이 가장 많이 분비되는 것으
로 나타났다.

(   )

자란다 문해력

주제
정리

1 생각주제와 관련된 앞의 두 글을 읽고 내용을 정리해 보세요.

> **호르몬**
>
> 우리 몸속을 다니며 기관이나 조직이 잘 활동하도록 도와주는 물질

> **ㅅ 호르몬**
>
> 생식기의 성장과 조절에 영향을 줌.

> 사춘기 때 분비되어 남자와 여자의 성별에 따른 특징을 더 두드러지게 함.

> **ㅅ ㅈ 호르몬**
>
> 뼈와 근육의 발달에 작용함.

> • 키 얼굴, 손, 발 등을 크게 함.
> • 지방을 분해해 뚱뚱해지는 것을 막아 줌.
> • 신체에 활력을 줌.

2 호르몬에 대한 설명으로 알맞은 것에 ○표 하세요.

(1) 성 호르몬은 남자의 변성기에 영향을 미친다.

(2) 호르몬은 인간의 감정에는 영향을 미치지 않는다.

(3) 호르몬의 종류는 성 호르몬과 성장 호르몬 두 가지뿐이다.

(4) 성 호르몬은 수면, 영양, 운동 등의 조건이 갖춰질 때 잘 나온다.

3 사춘기와 호르몬은 어떤 관계가 있는지 자신의 생각을 써 보세요.

사춘기 때 ✎ _____

_____

_____

| 주제 어휘 | 변성기 | 호르몬 | 사춘기 | 기관 | 조직 | 작용 |

4 다음 뜻에 알맞은 주제 어휘에 ○표 하세요.

(1) 같은 기능과 구조를 가진 세포 집단. | 인체 | 조직 |

(2) 몸도 마음도 어른이 되어 가는 시기. | 사춘기 | 과도기 |

(3) 사춘기에 성대에 변화가 일어나 목소리가 변하는 시기. | 변성기 | 성장기 |

(4) 몸의 기관이나 조직이 활동하는 것을 돕거나 억제하는 물질. | 기관 | 호르몬 |

5 다음 빈칸에 들어갈 알맞은 낱말을 주제 어휘에서 찾아 쓰세요.

(1) 우리 몸의 호흡 (　　　　)은 코, 기관지, 폐 등이다.

(2) 지후는 (　　　　)가 시작되어 목소리가 남자 어른처럼 굵어졌다.

(3) 식물의 뿌리는 물과 양분을 몸 안으로 빨아들이는 흡수 (　　　　)을 한다.

(4) 언니가 (　　　　)에 들어서서 성격이 까칠해지고, 외모에 관심도 많아졌다.

6 다음 밑줄 친 말과 뜻이 비슷한 낱말을 주제 어휘에서 찾아 쓰세요.

　호르몬 중에는 뇌에서 만들어지는 신경 호르몬이 있다. 즐거운 기분을 느끼게 하는 도파민, 안정감을 느끼게 하는 세로토닌, 위험을 느낄 때 나오는 아드레날린 등이다. 이 호르몬들은 주로 감정을 조절하는 기능을 한다.

(　　　　　　)

신라, 백제와 고구려를 무너뜨리다!

한국사 편지 1
글 박은봉
책과함께어린이

660년, 신라는 당나라와 손잡고 백제를 공격해 왔어. 당나라와 신라의 목표는 백제의 수도 사비성이었어. 당나라 군대는 바다를 건너 금강 기슭에 상륙했고, 신라는 탄현을 지나 황산벌에 도착했어.

백제의 계백 장군은 **결사대*** 5천 명을 이끌고 신라군을 막으러 나갔단다. 신라군은 백제군의 열 배나 되는 5만 명이었지. 밀고 밀리기를 네 차례, 백제군은 힘이 다해 계백과 그 군사들이 모두 전사했어. 황산벌은 이들이 흘린 피로 붉게 물들었단다. 계백의 결사대를 물리친 신라군은 거침없이 사비성으로 밀어닥쳤어. 결국 사비성은 **함락***되고 말았단다.

사비성을 함락시킨 이듬해, 당나라 군대는 배를 타고 대동강을 거슬러 올라와 고구려의 수도 평양성을 포위했어. 평양성이 포위당한 건 처음이었단다. 그렇지만 평양성은 사비성처럼 쉽게 무너지지 않았어. 고구려의 저력은 대단했어. 당나라 군대는 하는 수 없이 철수하고 말았지.

그런데 불과 몇 년 뒤 고구려는 **멸망***하게 돼. 가장 큰 원인은 지배층의 권력 다툼으로 내부 분열이 일어났기 때문이었어. 연개소문이 병으로 죽자, 세 아들 남생, 남건, 남산은 서로 최고 권력자가 되려고 싸움을 벌였어. 맏아들 남생이 지방에 간 틈을 타서, 둘째 남건이 형의 자리를 가로챘지. 이를 안 남생은 당나라에 아들 현성을 보내 고구려를 정벌해 달라고 간청했어.

〔 ㉠ 〕 고구려를 노리고 있던 당나라는 얼씨구나 싶어 즉시 현성을 길잡이로 삼아 공격을 해 왔단다.

668년 1월, 당나라군은 평양성으로 몰려들었어. 당나라의 요청을 받고 신라군도 평양성으로 진격했어. **나당*** 연합군은 평양성을 둘러쌌어. 남생은 꾀를 냈어. 남건의 신하인 신성에게 첩자를 보내 성문을 열어 주면 큰 상을 주겠다고 꾀었단다. 신성은 첩자에게 대답했어.

"기회를 보아 성문을 열어 놓겠다."

닷새 후, 정말 성문이 활짝 열렸어. 신라의 **기병*** 500기가 **선봉***이 되어 먼저 성안으로 들어가고, 당군이 뒤를 따랐지. 나당 연합군은 궁궐과 민가에 불을 지르고 마구 짓밟았단다.

어휘사전
* **결사대**(決 결정할 결, 死 죽을 사, 隊 무리 대) 죽기를 각오하고 있는 힘을 다할 것을 결심한 사람으로 이루어진 무리.
* **함락**(陷 빠질 함, 落 떨어질 락) 적의 도시나 성을 쳐들어가 무너뜨리는 것.
* **멸망**(滅 멸할 멸, 亡 망할 망) 망하여 없어짐.
* **나당** 신라와 당나라를 아울러 이르는 말.
* **기병**(騎 말 탈 기, 兵 군사 병) 말을 타고 싸우는 병사.
* **선봉**(先 먼저 선, 鋒 칼날 봉) 어떤 일을 하는 무리의 앞자리. 또는 그 자리에 선 사람.

1
중심
내용

빈칸에 알맞은 말을 넣어 이 글의 중심 내용을 정리하세요.

⬚⬚의 삼국 통일 과정

2
내용
이해

이 글의 내용으로 알맞지 <u>않은</u> 것은 무엇인가요? (   )

① 신라 군대는 고구려 궁궐과 민가에 불을 질렀다.

② 신라는 기병들을 앞세워 평양성 안으로 들어갔다.

③ 신라는 계백의 결사대를 물리친 후 사비성을 무너뜨렸다.

④ 신라는 다른 나라의 도움 없이 백제와 고구려를 함락시켰다.

⑤ 신라는 백제의 열 배나 되는 군사를 이끌고 황산벌 전투를 벌였다.

3
어휘
이해

㉠에 들어갈 사자성어로 알맞은 것을 **보기**에서 골라 기호를 쓰세요.

┤ **보기** ├
㉮ 이심전심: 마음과 마음이 서로 뜻이 통함.

㉯ 안절부절: 마음이 몹시 불안하거나 초조하여 어쩔 줄 모르는 모습.

㉰ 설상가상: 눈 위에 서리가 덮인다는 뜻으로, 불행하고 어려운 일이 잇따라 일어남을 이르는 말.

㉱ 호시탐탐: 범이 눈을 부릅뜨고 먹잇감을 노려본다는 뜻으로, 남의 것을 빼앗으려고 기회를 엿보는 것.

(   )

삼국 통일 의 과정

500년대 초부터 800년대 중반까지, 한반도에는 고구려, 백제, 신라 세 나라가 있었다. 세 나라는 한반도의 중심인 한강을 차지하려고 서로 싸웠다. 한강 지역은 땅이 기름져서 농사가 잘되었고, 서쪽으로 중국과 교류하기도 편리했기 때문이다.

작은 나라였던 신라는 진흥왕 때에 한강을 차지하며 땅을 넓히고 힘을 키웠다. 그러나 선덕 여왕과 진덕 여왕 때에 백제의 잦은 공격을 받아 힘이 약해졌다. 진덕 여왕의 뒤를 이은 무열왕은 당나라와 손을 잡았다. 신라의 **김유신*** 장군과 당나라의 소정방이 이끄는 군대는 백제를 공격했다. 백제의 장수 계백이 끝까지 버텼지만, 660년에 수도인 사비성이 무너지며 백제는 멸망하였다.

그러고 나서 신라와 당나라는 고구려를 공격했지만 연이어 지고 말았다. 연개소문이 지키는 고구려를 쓰러뜨리는 것은 쉬운 일이 아니었다. 그런데 연개소문이 죽으면서 기회가 찾아왔다. 연개소문의 아들들이 권력 다툼을 하는 사이 고구려의 힘이 약해졌고, 신라와 당은 그 틈을 노려 다시 공격했다. 결국 668년, 수도인 평양성이 무너지며 고구려는 멸망하였다.

신라는 백제와 고구려를 모두 무너뜨렸지만, 문제가 남아 있었다. 신라와 당은 **전쟁***에서 이겨 차지한 땅을 나누어 갖기로 약속했는데, 당이 그 약속을 깨고 한반도를 다 차지하려고 한 것이다. 이에 신라는 당과 여러 차례 전쟁을 치렀고, 마침내 676년 신라의 **문무왕***이 당나라에 **승리***하며 한반도에서 완전히 몰아냈다. 결국 신라는 우리나라 최초의 통일인 삼국 **통일***을 이루었다.

어휘사전

* **김유신** 김춘추와 손을 잡고 삼국 통일을 완성한 신라의 장군이자 정치가.

* **전쟁**(戰 싸움 전, 爭 다툴 쟁) 나라나 겨레끼리 무기를 가지고 싸우는 것.

* **문무왕** 삼국 통일을 달성한 신라 제30대 왕.

* **승리**(勝 이길 승, 체 이로울 리) 겨루어서 이김.

* **통일**(統 거느릴 통, 一 하나 일) 나누어진 것들을 합쳐서 하나로 모이게 함.

내용요약
글의 중심 내용을 생각하며 빈칸의 낱말을 써 보세요.

신라는 당과 연합하여 백제와 고구려를 무너뜨렸고, 당을 몰아내며 결국 삼국

| ㅌ | ㅇ | 을 이루었다.

1 이 글의 내용으로 알맞지 <u>않은</u> 것은 무엇인가요? (   )

내용 이해

① 백제의 계백은 당나라와 손을 잡았다.

② 신라는 진흥왕 때에 한강 지역을 차지했다.

③ 과거 한반도에는 백제, 고구려, 신라가 있었다.

④ 연개소문은 고구려가 멸망하기 이전에 세상을 떠났다.

⑤ 신라와 당은 전쟁에서 이겨 차지한 땅을 나누어 갖기로 약속했다.

2 이 글의 특징을 알맞게 말한 친구의 이름을 쓰세요.

글의 구조

> 미주: 알맞은 까닭을 들어 자기 주장을 펼치고 있어.
> 유진: 사건이 일어난 과정을 시간에 따라 설명하고 있어.
> 원영: 대상의 느낌을 눈에 보이듯 자세하게 그려내고 있어.

(   )

3 삼국의 통일 과정에서 다음 ㉠에 들어갈 알맞은 사건을 쓰세요.

내용 이해

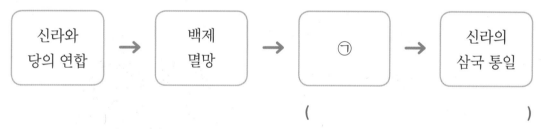

신라와 당의 연합 → 백제 멸망 → ㉠ → 신라의 삼국 통일

(   )

4 다음 **보기**에서 설명하는 것은 무엇인지 골라 ○표 하세요.

비판 하기

┤ **보기** ├

    신라의 삼국 통일은 우리나라 최초의 통일이라는 것과 서로 다른 문화를 하나의 문화로 만들어 발전시킬 수 있게 되었다는 의미가 있다. 하지만 다른 나라의 힘을 빌려서 이룬 통일이라는 점, 고구려의 땅이었던 요동 지방을 잃었다는 점이 아쉽다.

(1) 신라의 삼국 통일 배경 (   )

(2) 신라의 삼국 통일 과정 (   )

(3) 신라의 삼국 통일의 의미와 아쉬운 점 (   )

주제 정리

1 생각주제와 관련된 앞의 두 글을 읽고 내용을 정리해 보세요.

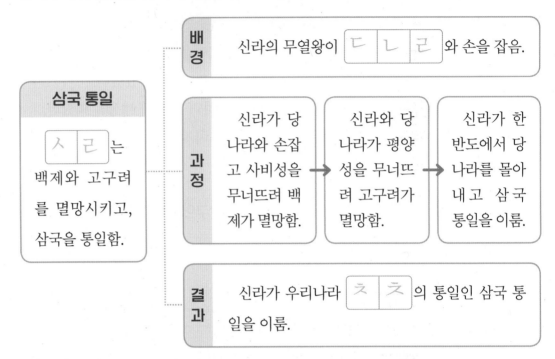

삼국 통일

| ㅅ | ㄹ |는 백제와 고구려를 멸망시키고, 삼국을 통일함.

배경 신라의 무열왕이 | ㄷ | ㄴ | ㄹ |와 손을 잡음.

과정
신라가 당나라와 손잡고 사비성을 무너뜨려 백제가 멸망함. → 신라와 당나라가 평양성을 무너뜨려 고구려가 멸망함. → 신라가 한반도에서 당나라를 몰아내고 삼국 통일을 이룸.

결과 신라가 우리나라 | ㅊ | ㅊ |의 통일인 삼국 통일을 이룸.

2 두 친구는 삼국 통일에 대해 어떻게 평가하는지 알맞은 것에 ○표 하세요.

신라는 다른 나라의 힘을 빌려 통일을 이루었어.

삼국 통일 과정에서 고구려의 요동 땅을 잃었어.

(1) 삼국 통일에 대해 긍정적으로 평가한다.

(2) 삼국 통일에 대해 부정적으로 평가한다.

3 신라의 삼국 통일은 어떤 의미가 있는지 자신의 생각을 써 보세요.

신라의 삼국 통일은 ✎ _____

_____

_____

| 주제
어휘 | 함락 | 멸망 | 전쟁 | 승리 | 통일 |

4 다음 주제 어휘와 뜻을 알맞게 연결하세요.

(1) 전쟁 •　　　　　　　　　• ㉠ 망하여 없어짐.

(2) 멸망 •　　　　　　　　　• ㉡ 나라나 겨레끼리 무기를 가지고 싸우는 것.

(3) 통일 •　　　　　　　　　• ㉢ 나누어진 것들을 합쳐서 하나로 모이게 함.

(4) 함락 •　　　　　　　　　• ㉣ 적의 도시나 성을 쳐들어가 무너뜨리는 것.

5 다음 그림을 보고, 빈칸에 들어갈 알맞은 낱말을 주제 어휘에서 찾아 쓰세요.

(1)

신라는 백제와 고구려를 멸망시키고 삼국을 (　　　　)했다.

(2)

백제와 고구려의 멸망 이후, 신라는 당나라와 (　　　　)을 했다.

6 다음 문장의 밑줄 친 말과 바꿔 쓸 수 있는 낱말을 주제 어휘에서 찾아 쓰세요.

(1) 1910년, 대한 제국은 일본에게 국권을 빼앗기며 <u>망하여 없어졌다</u>.

→ (　　　　)했다

(2) 대한민국 대표팀은 일본 대표팀과의 축구 시합에서 <u>겨루어 이겼다</u>.

→ (　　　　)했다

소비를 유도하는 광고 전략

어린이를 위한 슬기로운 미디어 생활
글 이경혁 외
우리학교

영국 대영 박물관에는 기원전 10세기경에 **테베*** 유적지에서 발굴된 **파피루스*** 문서 한 장이 있어요. 거기에는 도망친 노예를 찾아 주면 사례하겠다는 내용이 적혀 있는데, 이 문서가 바로 인류 최초의 **광고***라고 해요. 신문과 잡지에서 시작된 오늘날의 광고는 라디오와 텔레비전에 주로 나오며, 요즘은 스마트폰이나 인터넷 게임에도 등장하지요.

광고는 '세상에 널리 알린다'는 뜻을 지니고 있어요. 팔고 싶은 물건이나 메시지를 세상에 널리 전하는 일이 광고인 셈이지요. 그런데 기술의 발달로 제품이 대량 생산되면서 광고가 점점 많아지자 평범한 광고로는 더 이상 사람들의 눈길을 끌지 못하게 되었어요. 사람들이 '저건 꼭 사야 해!'라고 생각하도록 광고 제품의 특별함을 강조하는 게 중요해졌지요.

소파 위에 앉아 있던 고양이가 갑자기 호랑이만큼 커지는 휴대 전화 광고를 본 적이 있나요? 유명 방송인이 오두방정을 떨며 춤을 추는 비타민 음료 광고는요? 광고가 이렇게 호기심을 자극하거나 ㉠웃긴 장면으로 우리의 시선을 끄는 것은, 튀어야 살아남는 광고의 특성 때문이에요. 결국, 광고의 목적은 우리가 상품을 구매하도록 설득하고 유혹하는 데 있답니다.

광고는 크게 상품 광고, 기업 광고, **공익*** 광고로 나눌 수 있어요. 상품 광고는 광고를 보는 사람이 그 상품을 사도록 만드는 데 목적이 있고, 기업 광고는 광고에 등장하는 기업의 이미지를 좋게 만드는 것이 목적이에요. 그리고 에너지 절약이나 금연 광고 같은 공익 광고는 사람들이 광고에서 의도한 대로 생각하거나 행동하기를 바라지요.

어휘사전

* **테베**(Thebae) 고대 이집트 제국의 수도.

* **파피루스** 고대 이집트에서 썼던 풀로 만든 종이.

* **광고**(廣 넓을 광, 告 고할 고) '세상에 널리 알린다'는 뜻으로, 물건이나 메시지를 널리 알리는 것.

* **공익**(公 공평할 공, 益 더할 익) 사회 전체의 이익.

내용요약

글의 중심 내용을 생각하며 빈칸의 낱말을 써 보세요.

|ㄱ|ㄱ| 는 팔고 싶은 물건이나 메시지를 세상에 널리 전하는 일이다. 이것은 크게 상품 광고, 기업 광고, 공익 광고로 나뉜다.

1

내용
이해

이 글을 통해 알 수 있는 내용이 <u>아닌</u> 것은 무엇인가요? (　　　)

① 최초의 광고

② 광고의 종류

③ 광고의 정의

④ 기업 광고의 목적

⑤ 공익 광고의 문제점

2

추론
하기

다음 광고의 종류를 이 글에서 찾아 쓰세요.

▲ 「전기도 돈입니다」, Kobaco   (　　　　　　　　)

3

적용
하기

다음 중 ㉠의 사례로 알맞은 것을 골라 기호를 쓰세요.

사장: 우리 회사에서 이번에 새로 나온 운동화를 어떻게 광고하면 잘 팔 수 있을
지 의견을 말해 봅시다.

㉮: 우리 회사가 친환경 소재로 운동화를 만든다는 것을 강조하면 좋겠어요.

㉯: 딱 100켤레의 운동화만 20 % 할인해서 판매한다고 광고해 보면 어떨까요?

㉰: 유명한 그림 속 '모나리자'가 우리 운동화를 신고 케이팝에 맞춰서 재미있는
춤을 추면 관심을 끌 수 있을 것 같아요.

㉱: 고향에 계신 어머니와 딸이 통화하는 장면을 넣으면 좋겠어요. 이 광고를 보
면 부모님께 운동화를 사 드리고 싶은 마음이 생길 거예요.

(　　　　　　　　)

광고의 나라에서 길을 잃지 않으려면

어린이를 위한 슬기로운 미디어 생활
글 이경혁 외 6인
우리학교

광고는 필요한 제품을 소개하는 것을 넘어서, 필요 없는 물건이더라도 사람들이 원하고 또 계속 **구매***하도록 만들어요. 끊임없이 우리에게 말을 걸어요. 상품을 팔기 위해, 메시지를 전하기 위해 다양한 방법으로 사람들을 자극해서 관심을 **이끌고*** 있지요. 광고의 홍수 속에서 길을 잃지 않으려면 누가, 무엇을 위해 광고를 만들었는지 분명하게 알아야 해요.

첫째, 유명인을 닮고 싶은 사람들의 마음을 충동질하는 방법이 있어요. 예전에는 텔레비전에 나오는 가수나 배우 같은 유명인의 영향력이 컸지만, 지금은 유튜버나 SNS 유명인들의 영향력이 커졌어요. 먹방이나 음악, 화장, 게임 등을 주제로 한 인기 있는 유튜버들의 영상을 보면서 그들이 먹는 음식이나 쓰는 물건을 소비하는 것이 요즘 추세예요.

둘째, 돋보이고 싶은 **욕구***를 부추기는 방법도 있어요. **인플루언서***들이 SNS에 무엇을 먹었는지, 어디에서 무엇을 했는지 알리는 사진과 글을 올리면, 그것이 자연스럽게 상품이나 장소에 대한 광고가 되기도 해요. SNS 광고는 결국 남들이 하면 나도 하고 싶고, 남들보다 혹은 남들처럼 멋진 삶을 살고 있다고 보여 주기 위해 더 많이 소비하려는 심리를 이용하는 거예요.

셋째, 소비자의 불안감을 이용해 물건을 파는 것도 꽤 자주 쓰이는 방법이에요. 가장 대표적인 것이 학원 광고와 홈 쇼핑이지요. 학원 광고물은 학교 선생님한테서 배울 수 없는 특별한 학습 방법을 가르쳐 준다고 홍보하지요. 그런데 이런 방법은 그 학원에 들어가야만 가르쳐 주기 때문에 어떤 내용인지, 실제로 효과가 있는지 정확히 알 수가 없어요.

결국 판단의 중심은 우리 자신에게 있어요. 광고의 **유혹***에 넘어가서 길을 잃고 결국엔 자신마저 잃어버리는 소비자가 되고 싶지 않다면, ㉠광고를 영리하게 읽어 낼 줄 아는 눈을 키우고 소비를 지나치게 부추기는 광고에 저항하는 자세를 갖춰야 해요.

어휘사전

* **구매**(購 살 구, 買 살 매) 물건 따위를 사들임.

* **이끌다** 남의 관심 따위를 쏠리게 하다.

* **욕구**(欲 하고자 할 욕, 求 구할 구) 무엇을 얻거나 무슨 일을 하고자 바라는 일.

* **인플루언서** 유튜브 등의 SNS에서 인기가 많아 대중에게 영향력이 있는 사람.

* **유혹** 꾀어서 정신을 혼미하게 하거나 좋지 아니한 길로 이끎.

내용요약

글의 중심 내용을 생각하며 빈칸의 낱말을 써 보세요.

광고는 상품을 팔기 위해 다양한 방법으로 사람들의 관심을 끈다. 광고의 ⬚ ⬚ 에 넘어가지 않으려면 광고를 영리하게 읽는 눈을 키워야 한다.

1
중심
내용

이 글을 쓴 목적을 생각하며 빈칸에 알맞은 말을 쓰세요.

광고를 영리하게 읽을 줄 아는 [   ]을 키워 주려고

2
글의
구조

이 글의 설명 방법으로 알맞은 것은 무엇인가요? (   )

① 주요 개념의 뜻을 설명하고 있다.

② 전문가의 말을 빌려 설명하고 있다.

③ 구체적인 예를 들어 설명하고 있다.

④ 시간과 장소의 변화에 따라 설명하고 있다.

⑤ 두 대상의 공통점과 차이점을 설명하고 있다.

3
추론
하기

이 글을 읽고 답할 수 없는 것을 두 가지 골라 기호를 쓰세요.

㉮ 광고가 처음 시작된 까닭은?

㉯ 광고를 제대로 읽고 이해해야 하는 까닭은?

㉰ 광고의 홍수 속에서 길을 잃지 않는 방법은?

㉱ 어린이를 대상으로 한 광고를 만들 때 주의할 점은?

(   )

4
적용
하기

㉠의 구체적인 방법을 알맞게 설명한 친구의 이름을 쓰세요.

광고에 나오는 인물이 유명한 사람인지 아닌지 확인해 봐야 해.

은후

광고에 나오는 내용에 속지 말고, 상품의 장점과 단점을 꼼꼼하게 알아봐야 해.

은지

그 광고가 우리의 마음을 움직이고 강력한 기억을 남기는지 살펴봐야 돼.

윤찬

(   )

 1 생각주제와 관련된 앞의 두 글을 읽고 내용을 정리해 보세요.

ㄱ	ㄱ

팔고 싶은 물건이나 메시지를 세상에 널리 전하는 일.

광고의 종류

- ㅅ ㅍ 광고: 상품을 사게 하려고 만듦.
- 기업 광고: 기업 이미지를 좋게 만들려고 만듦.
- 공익 광고: 광고의 의도대로 생각하고 행동하게 하려고 만듦.

광고의 유혹 방법

- 유명인을 닮고 싶은 사람들의 마음을 충동질함.
- 돋보이고 싶은 욕구를 부추김.
- 소비자의 ㅂ ㅇ ㄱ 을 이용함.

2 다음 두 사람이 설명하는 '광고를 제대로 읽고 이해하는 방법'에 ○표 하세요.

저렇게 많은 기능이 있다고? 광고 내용이 사실인지 확인하고 물건을 사야 해.

정말 구름처럼 가볍다고? 광고에 과장된 내용은 없는지 확인해야 돼.

(1) 누가 만든 광고인지 확인하기

(2) 광고를 비판적으로 보기

3 광고를 어떻게 보는 것이 바람직한지 자신의 생각을 써 보세요.

광고를 볼 때는 ✎ _____

_____

_____

주제 어휘	광고	공익	구매	욕구	유혹

4 다음 뜻에 알맞은 주제 어휘에 ○표 하세요.

(1) 물건 따위를 사들임. | 수입 | 구매 |

(2) 무엇을 얻거나 무슨 일을 하고자 바라는 일. | 욕구 | 요구 |

(3) 꾀어서 정신을 혼미하게 하거나 좋지 아니한 길로 이끎. | 유혹 | 유행 |

(4) '세상에 널리 알린다'는 뜻으로, 물건이나 메시지를 널리 알리는 것.

| 광고 | 방송 |

5 다음 빈칸에 들어갈 알맞은 낱말을 주제 어휘에서 찾아 쓰세요.

(1) 광고는 우리 안에 숨어 있던 (   )를 부추긴다.

(2) 젊은 사람들이 제품을 (   )하게 할 신선한 아이디어가 필요하다.

(3) 우리 아파트에서는 마을의 (   )을 위해 플라스틱 줄이기 운동을 벌였다.

(4) 드라마에서 라면 먹는 장면을 보고 (   )에 넘어가 결국 라면을 먹고 말았다.

6 다음 밑줄 친 말과 뜻이 비슷한 낱말을 주제 어휘에서 찾아 쓰세요.

어린 마법사 토비는 마법 학교에 다니고 있다. 하지만 토비는 마법을 잘 부리지 못해 자신감이 없었다. 그러던 어느 날, 토비는 마을에 사는 동물 친구들이 괴물에게 위협받고 있다는 소식을 들었다. 토비는 마음이 아파 동물 친구들을 돕고 싶었다. 동물 친구들과 공동의 이익을 위해 마법을 쓰기로 마음먹었다. 그리고 토비는 자신의 마법을 써서 괴물을 마을에서 멀리 떨어진 곳으로 쫓아 버렸다.

(   )

3장

2개의 글을 연결해 재미있게 읽어요~

벌거벗은 임금님

벌거벗은
임금님

글 한스 크리스티안
안데르센

옷과 **치장***하기를 좋아하는 임금님이 있었어요. 임금님은 ㉠이 옷 저 옷을 바꿔 입으며 거울 앞에서 시간 보내는 것을 좋아했고, 새 옷을 입고 뽐내며 행진하기를 즐겼지요.

그러던 어느 날, 사기꾼 두 명이 임금님을 찾아와 말했어요.

"저희는 세상에서 가장 아름다운 옷을 만드는 재단사들입니다. 저희가 만드는 옷은 어리석은 사람에게는 보이지 않는 신비한 옷입니다!"

귀가 솔깃해진 임금님은 많은 돈과 작업실을 내주며 당장 옷을 만들라고 명령했어요. 그리고 신하들에게 옷이 잘 만들어지고 있는지 살펴보라고 했지요. 신하들은 모두 아름다운 옷이 만들어지고 있다며 칭찬했어요. 그리고 얼마 후 재단사들이 큰 상자를 들고 나타났어요.

"드디어 옷이 완성되었습니다."

사기꾼들이 번쩍이는 ㉡상자에서 꺼낸 옷을 본 임금님은 당황했어요. 아무리 눈을 크게 떠도 옷이 눈에 보이지 않았거든요. 사실 사기꾼들은 빈 **베틀***앞에 앉아 옷감을 짜는 흉내를 내며 옷을 만드는 척했던 거예요. 하지만 남의 눈을 **의식***한 임금님은 손뼉을 치며 이렇게 말했어요.

"**근사해***, 정말 아름다워! 어서 ㉢이 옷을 입고 거리를 행진하고 싶구나!"

임금님은 팔을 들었다, 다리를 들었다 하며 보이지도 않는 옷을 입는 **시늉***을 하고 거리로 나섰어요. 옷에 대한 소문을 들었던 사람들은 임금님의 행진을 보기 위해 모여들었어요. 그러고는 다들 ㉣옷을 칭찬하느라 난리였지요.

"정말 멋져!"

"㉤저 옷은 하늘이 내린 작품이야!"

하지만 사실 그 누구의 눈에도 옷은 보이지 않았어요. 임금님은 벌거벗은 채로 왕관을 쓰고서 행진하고 있었으니까요. 그때 한 아이가 소리쳤어요.

"임금님이 벌거벗었다!"

아이의 말에 사람들이 **술렁대기***시작했어요.

어휘사전

＊**치장**(治 고칠 치, 粧 단장할 장) 잘 매만져 곱게 꾸밈.

＊**베틀** 천을 짜는 틀.

＊**의식**(意 의미 의, 識 알 식) 어떤 것을 두드러지게 느끼거나 특별히 마음속에 둠.

＊**근사**(近 가까울 근, 似 같을 사)**하다** 그럴듯하게 괜찮다.

＊**시늉** 어떤 모양이나 움직임을 흉내 내어 꾸미는 것.

＊**술렁대다** 시끄럽고 어수선하게 소란이 일다.

1 내용 이해

이 글의 내용과 일치하지 <u>않는</u> 것은 무엇인가요? (   )

① 임금님 눈에는 새 옷이 보이지 않았다.

② 아이는 임금님의 옷이 보인다고 사실대로 말했다.

③ 임금님은 평소에 새 옷을 입고 행진하는 것을 즐겼다.

④ 사람들은 옷이 보이지 않았지만 처음에 보이는 척했다.

⑤ 사기꾼들은 아름답고 신비한 옷을 만들 줄 안다며 임금님을 속였다.

2 내용 이해

㉠~㉤ 중 가리키는 대상이 <u>다른</u> 하나는 무엇인가요? (   )

① ㉠   ② ㉡   ③ ㉢   ④ ㉣   ⑤ ㉤

3 추론 하기

이 이야기에 나온 인물 중 **보기**의 ㉮와 같은 행동을 한 인물은 누구인지 두 글자로 쓰세요.

┤ 보기 ├

'팔랑귀'는 귀가 팔랑거릴 정도로 얇아서 남의 말에 잘 속아 넘어가는 사람을 가리켜요. 팔랑귀가 되지 않으려면, 믿을 수 있는 정보를 찾고 공부도 해야 돼요. 또 어느 한쪽 말에만 귀 기울이지 말고 이쪽저쪽 다양한 의견을 들어야 하지요. 그 후에는 ㉮자기 의견을 당당하게 밝히는 것을 두려워하지 않아야 해요.

(   )

4 적용 하기

다음 **보기**에 나오는 사람들의 공통점은 무엇인가요? (   )

┤ 보기 ├

• 짜장면이 맛이 없는데 다른 친구들이 맛있다고 하자, 맛있다고 말한 사람

• 사람들이 임금님의 옷을 칭찬하자, 옷이 보이지 않는데도 마치 보이는 것처럼 칭찬한 사람들

① 말리는 일일수록 더 하고 싶어 한다.

② 자신의 의지에 따라 자율적으로 행동한다.

③ 다른 사람을 가엾게 여기는 마음을 갖고 있다.

④ 다른 사람의 의견이나 행동을 무조건 따라 한다.

⑤ 마치지 못한 어떤 일을 잊지 못하고 계속 떠올린다.

동조 현상

우리는 **다수***의 사람이 하는 것을 따라 하는 경향이 있다. 학급 회의에서 친한 친구들이 어떤 안건에 찬성하는 모습을 보고, 반대하는 마음을 숨긴 채 찬성 쪽에 손을 드는 경우가 있다. 이처럼 다른 사람의 **의견***이나 행동을 따라 하는 것을 '**동조*** **현상***'이라고 한다.

솔로몬 애쉬라는 심리학자는 '**선분*** 실험'으로 동조 현상을 연구했다. 실험 내용은 간단하다. 실험 장소에 있는 참가자들에게 기준선이 그려진 카드와 서로 길이가 다른 선분 A, B, C가 그려진 카드를 보여 준다. 그리고 기준선과 길이가 같은 선분을 고르게 한다. 참가자들이 혼자 있을 때는 대부분 정답을

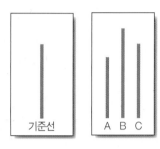

▲ 애쉬의 선분 실험 카드

맞혔다. 얼마 후 일곱 명의 사람들을 모아 놓고 똑같은 실험을 했다. 여섯 명에게는 미리 똑같이 틀린 답을 말하도록 지시해 두었다. 누가 봐도 기준선과 같은 선분은 'C'인데, 여섯 명이 모두 'A'라고 답하자 나머지 한 사람도 'A'라고 답했다. 모두가 틀린 답을 말했는데도 이를 따라 한 것이다. 이 실험은 확실한 답이 있는 상황이라도 다수가 틀린 답을 말하면, 개인은 다수의 의견에 따르게 된다는 것을 보여 준다.

그렇다면 이런 동조 현상은 왜 일어나는 것일까? 대부분 사람들이 자신의 정보보다 다수의 정보가 더 믿을 만하다고 여기며, 다른 사람이 하는 대로 해야 손해 보지 않는다고 생각하기 때문이다. 또 다른 사람들의 인정을 받으려는 마음 때문이기도 하다.

동조 현상은 사람들에게 강한 소속감과 **친밀감***을 느끼게 하는 장점이 있다. 또 다른 사람의 훌륭한 행동을 따라 할 경우 좋은 영향을 받기도 한다. 하지만 다수가 잘못된 결정을 내려 피해를 보거나, 나쁜 행동을 서로 따라 한다는 단점도 있다.

어휘사전

* **다수**(多 많을 다, 數 셈 수) 수가 많음.

* **의견**(意 뜻 의, 見 의견 견) 어떤 대상에 대하여 가지는 생각.

* **동조**(同 같을 동, 調 고를 조) 남의 주장에 자기 의견을 맞춤.

* **현상**(現 나타날 현, 狀 형상 상) 실제로 나타나 보이는 현재의 상태.

* **선분** 두 점 사이를 곧게 이은 선.

* **친밀감**(親 친할 친, 密 빽빽할 밀, 感 느낄 감) 지내는 사이가 매우 친하고 가까운 느낌.

내용요약

글의 중심 내용을 생각하며 빈칸의 낱말을 써 보세요.

ㄷ ㅈ ㅎ ㅅ 은 다른 사람의 의견이나 행동을 따라 하는 것을 말한다. 솔로몬 애쉬는 '선분 실험'을 통해 이를 증명했다.

1
내용
이해

'동조 현상'에 대한 설명으로 알맞은 것은 무엇인가요? (   )

① 확실한 답이 있을 때는 나타나지 않는 현상이다.

② 다른 사람의 의견이나 행동을 따라 하는 현상이다.

③ 다수의 사람이 하는 대로 따라 하면 늘 좋은 결과를 얻는 현상이다.

④ 다른 사람의 정보보다 자신의 정보를 더 믿어서 나타나는 현상이다.

⑤ 다른 사람이 하는 대로 하면 손해를 본다고 생각해서 나타나는 현상이다.

2
어휘
이해

이 글의 내용과 가장 잘 어울리는 속담은 무엇인가요? (   )

① 등잔 밑이 어둡다

② 언 발에 오줌 누기

③ 친구 따라 강남 간다

④ 바늘구멍으로 황소바람 들어온다

⑤ 벼 이삭은 익을수록 고개를 숙인다

3
적용
하기

'동조 현상'의 예가 <u>아닌</u> 것을 골라 기호를 쓰세요.

㉮ 현장 학습 장소로 대부분 놀이공원을 택했지만, 나는 미술관을 택했다.

㉯ 횡단보도에서 빨간불인데 사람들이 건너자 나도 모르게 함께 건넜다.

㉰ 특별한 이유도 없이 사람들이 박수를 치고 크게 소리치자 함께 박수를 쳤다.

㉱ 친한 친구들이 모두 유행하는 필통을 갖고 다니자 나도 그 필통이 갖고 싶어
   졌다.

(   )

 1 생각주제와 관련된 앞의 두 글을 읽고 내용을 정리해 보세요.

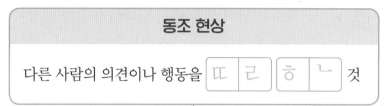

동조 현상

다른 사람의 의견이나 행동을 ⟨ㄸ⟩⟨ㄹ⟩⟨ㅎ⟩⟨ㄴ⟩ 것

동조 현상의 예

「벌거벗은 임금님」에서 임금님이 벌거벗었다는 것을 알면서도 말하지 못한 사람들

동조 현상이 일어나는 원인

• 자기 정보보다 다수의 정보가 더 믿을 만하다고 생각해서
• 다른 사람을 따라 해야 손해 보지 않는다고 생각해서
• 다른 사람들의 인정을 받고 싶어서

2 다음 두 상황이 공통으로 보여 주는 현상을 찾아 ○표 하세요.

사람들은 임금님이 벌거벗었다는 것을 모두 알았어. 하지만 많은 사람이 사실을 말하지 않자, 그것을 무시했어.

두 카드를 보여 주고 기준 카드와 길이가 같은 선분을 고르라고 했어. 많은 사람이 A라고 답하자, 남은 한 사람도 답이 아닌 걸 알면서도 A라고 답했어.

(1) 다른 사람들의 행동이나 의견을 따라 하는 현상

(2) 처음 접한 정보가 이후 의사 결정에 영향을 미치는 현상

3 우리는 왜 다른 사람을 따라 하는지 자신의 생각을 써 보세요.

다른 사람을 따라 하는 까닭은 ✎

주제 어휘	시늉	다수	의견	동조	현상	친밀감

4 다음 주제 어휘와 뜻을 알맞게 연결하세요.

(1) 현상 •
(2) 동조 •
(3) 다수 •
(4) 친밀감 •

• ㉠ 수가 많음.
• ㉡ 남의 주장에 자기 의견을 맞춤.
• ㉢ 실제로 나타나 보이는 현재의 상태.
• ㉣ 지내는 사이가 매우 친하고 가까운 느낌.

5 다음 빈칸에 들어갈 알맞은 낱말을 주제 어휘에서 찾아 쓰세요.

(1) 모두가 찬성하는 (   )에 반대하기가 쉽지 않다.

(2) 동생이 엄마 화장품을 들고 화장하는 (   )을 했다.

(3) 이번 주 내내 밤 기온이 25도가 넘는 열대야 (   )이 나타났다.

(4) 다른 많은 사람들이 선택한 것이 맞는 것 같아서 덩달아 (   )했다.

6 다음 밑줄 친 말과 뜻이 비슷한 낱말을 주제 어휘에서 찾아 쓰세요.

파일(F) 편집(E) 보기(V) 즐겨찾기(A) 도구(T) 도움말(H)

길봉: 「벌거벗은 임금님」에 나오는 사기꾼들은 사람들에게 다른 사람들의 행동
이나 의견을 따라 하는 경향이 있다는 걸 알았어.

다은: 맞아. 사기꾼들 생각대로였어. 순수한 어린아이만 빼고 모두 다른 사람들
이 하는 대로 따라 하는 걸 보면 말이야.

길봉: 모두가 옳다고 하는 게 꼭 옳은 건 아니야. 그러니까 비판적으로 잘 따져
보고 내 생각과 의견을 말할 수 있어야 해.

(   )하는

좋은 돈, 나쁜 돈, 이상한 돈

좋은 돈,
나쁜 돈,
이상한 돈
글 권재원
창비

어휘사전

* **가치**(價 값 가, 値 값 치) 사물이 지니고 있는 쓸모.
* **비교**(比 견줄 비, 較 견줄 교) 두 개 이상의 사물을 견주어 보는 것.
* **채집**(採 캘 채, 集 모을 집) 널리 찾아서 얻거나 캐거나 잡아 모으는 일.

"돈에 대한 첫 번째 질문, 돈은 왜 생겨났을까?"

"물건을 사려고 생겨났지요."

㉠"딩동땡!"

"에? 맞으면 딩동댕이고 틀리면 땡이지 딩동땡이 뭐예요?"

"완전히 틀리지는 않았지만 정확히 맞는 답도 아니거든. 돈이 있으면 물건을 살 수 있지만, 물건을 사기 위해 돈이 생긴 건 아니야. 그건 돈의 **가치***를 오해하고 있는 거야."

"그게 그거죠. 물건을 살 수 있으니까 돈이 가치가 있는 거라고요."

두통 씨는 헛기침을 하고 이야기를 시작했다.

"황소를 천 마리 가진 사람이 있었지. 그런데 어느 날 갑자기 사과가 먹고 싶어진 거야. 공교롭게도 황소 주인은 소는 천 마리나 가졌지만 사과는 없었어. 황소 주인은 절박해진 나머지 사과 과수원 주인을 찾아가서 황소 한 마리와 사과 한 바구니를 바꾸자고 했지. 이 이야기에서도 알 수 있듯이 똑같은 물건에 대한 가치라도 사람이나 상황에 따라 달라져. 그러니 서로 다른 것들의 가치를 직접 **비교***하는 것은 얼마나 어렵겠니? 그러니 돈이라는 기준이 필요한 거지."

"하지만 처음부터 돈이 있었던 건 아니잖아요. 원시 시대에는 물물 교환을 하지 않았어요?"

"세월이 흐르면서 사람들은 더 이상 사냥과 **채집***에만 의지해 먹을 것을 구하지 않았어. 직접 농사를 짓고 동물을 길렀지. 농사를 지어 넉넉한 식량을 얻게 되자 사람들의 관심은 새로운 것으로 향했어. 그릇이나 항아리를 만들게 되고, 농기구를 전문적으로 만드는 대장장이가 생기고, 가축을 전문적으로 키우는 사람이 생겼지. 이제 사람들은 필요한 물건을 다 만들어 쓸 필요가 없었어. 내가 가진 물건과 상대방이 가진 물건을 바꿔 쓰면 되니까. 이걸 '물물 교환'이라고 해. 그런데 앞에서도 이야기한 것처럼 물물 교환을 하다 보면 갈등이 생기기 마련이야. ㉡ 사람들은 평화적으로 살기 위해서 가치를 재는 기준이 필요했어."

1 빈칸에 알맞은 말을 넣어 이 글의 중심 내용을 정리하세요.

중심
내용

☐ 이 생겨난 까닭

2 두통 씨가 ㉠과 같이 말한 까닭은 무엇인가요?   (   )

추론
하기

① 돈의 가치를 정확히 알고 답해서
② 돈의 가치를 편리함으로만 생각해서
③ 돈의 가치를 아주 정확히 알고 있어서
④ 돈의 가치에 대해 시큰둥하게 대답해서
⑤ 돈의 가치를 물건을 사는 것으로만 생각해서

3 ㉡에 들어갈 말로 가장 알맞은 것은 무엇인가요?   (   )

추론
하기

① 바꾸려고 하는 물건들의 쓸모를 모르기 때문이지.
② 바꾸려고 하는 물건들의 크기가 다르기 때문이지.
③ 바꾸려고 하는 물건들의 가치가 다르기 때문이지.
④ 물건의 가치는 시간과 장소에 따라 늘 같기 때문이지.
⑤ 물건의 가치를 알고 교환하는 사람들이 있기 때문이지.

4 이 글을 통해 알게 된 돈의 기능을 알맞게 말하지 <u>못한</u> 친구의 이름을 쓰세요.

비판
하기

윤주: 돈에는 가치를 매기는 기능이 있어.
만돌: 돈에는 물건이나 서비스로 교환하는 기능이 있어.
구희: 돈에는 신용이 어느 정도인지 평가하는 기능이 있어.

(   )

돈의 유래와 발달

원시 시대 사람들은 필요한 것이 있으면 스스로 구해서 해결하는 생활을 했다. 그러다 농사를 짓기 시작하면서 남는 생산물이 생겼다. ㉠사람들은 먹고 쓰고 남은 생산물을 서로 바꾸어 쓰는 '물물 교환*'을 하기 시작했다. 그런데 물물 교환은 생각보다 쉽지 않았다. 서로 필요한 물건이 다를 때가 많았고, 바꾸려는 물건의 가치에 대한 생각이 서로 달라 갈등이 생겼다. 물건의 가치를 잴 기준이 필요했다.

그래서 조개껍데기, 쌀, 소금 같은 것들로 물건값을 매겨 돈 대신 사용했다. 물고기 한 마리는 소금 다섯 주먹, 도끼 한 자루는 조개껍데기 열 개, 이런 식으로 말이다. 이렇게 물건을 돈으로 사용한 물품 화폐*는 부피가 커서 가지고 다니기 불편했고, 시간이 흐르면 상하거나 부서지기 쉬웠다.

사람들은 고민 끝에 쇠붙이를 두들겨 금속 화폐를 만들었다. 금속 화폐는 단단하고 부피가 작아 사용하기 편리했다. 하지만 ㉡가짜와 진짜를 구별하기 어려웠고, 금속을 일일이 저울에 달아 사용해야 해서 불편했다. 그래서 크기가 일정하고 발행 기관의 이름이 적힌 동전을 만들었다. 최초의 동전은 기원전 7세기경 고대 왕국 리디아 제국에서 **발행***되었다. 동전이 만들어지면서 ㉢물건의 가치를 재고, 물건과 교환하고, 돈을 저장하기가 간편해졌다.

㉣동전은 편리해서 오랫동안 화폐로 사용되었지만, 무거워서 많이 가지고 다닐 수가 없었다. 그래서 만들어진 것이 가볍고 보관하기 편리한 종이 돈 '지폐'였다. 지폐는 1,000년 전쯤 중국에서 처음 만들어졌다고 알려져 있다.

오늘날 우리는 여전히 동전과 지폐를 사용하지만, **신용***을 기반으로 한 신용 화폐, 최근에 나온 디지털 방식의 전자 화폐도 많이 사용한다. 이처럼 화폐는 가치를 교환하기 편리한 방향으로 발달해 왔다.

어휘사전

* **물물 교환**(物 물건 물, 物 물건 물, 交 주고 받을 교, 換 바꿀 환) 물건과 물건을 직접 주고받으며 서로 바꿈.

* **화폐**(貨 재물 화, 幣 화폐 폐) 물건의 가치를 재고, 물건과 교환하고, 모으는 수단.

* **발행**(發 일어날 발, 行 다닐 행) 돈 등을 만들어 세상에 내놓아 널리 쓰도록 함.

* **신용**(信 믿을 신, 用 쓸 용) 거래한 물건의 대가를 앞으로 치를 수 있음을 보이는 능력.

내용요약

글의 중심 내용을 생각하며 빈칸의 낱말을 써 보세요.

화폐는 물물 교환 → 물품 화폐 → 금속 화폐 → 동전 → 지폐 → 신용 화폐 → 전자 화폐 순으로 [ㄱ][ㅊ]를 교환하기 좋게 발달해 왔다.

1

내용 이해

이 글에서 확인할 수 <u>없는</u> 내용은 무엇인가요? (   )

① 지폐의 문제점

② 금속 화폐의 문제점

③ 물물 교환의 문제점

④ 최초로 지폐를 만든 나라

⑤ 오늘날 쓰는 화폐의 종류

2

내용 이해

화폐가 생기게 된 과정에 알맞게 ㉮와 ㉯에 들어갈 말을 이 글에서 찾아 쓰세요.

㉮: (   )

㉯: (   )

3

추론 하기

㉠~㉣ 중 화폐의 기능이 드러난 부분의 기호를 쓰세요.

(   )

주제
정리
1 생각주제와 관련된 앞의 두 글을 읽고 내용을 정리해 보세요.

돈의 유래와 발달 과정

물품 화폐

조개껍데기, 쌀, 소금 같은 물건을 돈으로 사용

| ㄱ | ㅅ | ㅎ | ㅍ |

쇠붙이를 두들겨 만든 부피가 적고 단단한 화폐

| ㅅ | ㅇ | ㅎ | ㅍ |

신용을 기반으로 한 화폐

동전과 지폐

크기가 일정하고 발행 기관의 이름이 적힌 돈인 동전과 가볍고 보관하기 편한 지폐

2 화폐에 대한 설명으로 알맞은 것을 찾아 ○표 하세요.

(1) 오늘날에 쓰는 화폐는 동전과 지폐뿐이다.

(2) 인류는 지폐를 가장 먼저 발명하여 사용했다.

(3) 화폐는 물건의 가치를 재고 교환하는 기능이 있다.

(4) 동전은 지폐의 운반하기 어려운 점을 보완하여 만든 화폐이다.

3 화폐는 왜 생겨났는지에 대해 자신의 생각을 써 보세요.

화폐가 생겨난 까닭은 ✎ _____

_____

_____

| 주제
어휘 | 가치 | 물물 교환 | 화폐 | 발행 | 신용 |

4 다음 뜻에 알맞은 주제 어휘에 〇표 하세요.

(1) 사물이 지니고 있는 쓸모.

| 가치 | 가격 |

(2) 물건과 물건을 직접 주고받으며 서로 바꿈.

| 물물 교환 | 자급자족 |

(3) 돈 등을 만들어 세상에 내놓아 널리 쓰도록 함.

| 발행 | 발명 |

(4) 거래한 물건의 대가를 치를 수 있음을 보이는 능력.

| 신용 | 거래 |

5 다음 빈칸에 들어갈 알맞은 낱말을 주제 어휘에서 찾아 쓰세요.

(1) 우리나라는 한국은행에서 화폐를 (   )한다.

(2) 수원 화성은 그 (   )를 인정받아 세계 문화유산이 되었다.

(3) 자신의 (   ) 관리를 잘하려면 이자를 정해진 날짜에 내야 한다.

(4) 내가 가진 장난감과 친구가 가진 책을 서로 맞바꾸는 (   )
을 했다.

6 다음 문장의 밑줄 친 말과 바꿔 쓸 수 있는 낱말에 〇표 하세요.

(1) 우리는 돈으로 물건을 사고 서비스를 이용하고 저축을 한다.

→ | 화석 | 화폐 |

(2) 자꾸 거짓말을 한 친구는 결국 모두에게 믿음을 잃고 말았다.

→ | 신용 | 수용 |

아메바를 닮은 로봇

로봇 박사
데니스 홍의
꿈 설계도

글 데니스 홍
샘터사

'미국 전 지역에서 연구 제안서가 몰려들겠지? 눈에 띄려면 참신한 주제가 필요해.' 곰곰이 생각하다가 어렸을 때 현미경으로 본 **아메바**＊를 떠올렸다. 아메바는 자기 몸을 자유자재로 놀린다. 흐느적거리는 젤리처럼 모양이 쉽게 바뀌고 물처럼 흐르기도 한다. 아메바의 특징을 살리면 무척 재미있는 로봇이 나올 것 같았다.

아메바는 몸속이 액체이고, 바깥 피부는 젤리와 비슷하다. 움직일 때마다 몸 안에 있는 액체가 앞으로 흐른다. 그 액체는 젤리로 변해, 머리 부분의 피부를 새로 만든다. 꼬리는 액체로 변해서 몸속으로 다시 흡수된다. 그러니까 몸속 액체가 젤리 피부로, 또 젤리 피부가 몸속 액체로 변하면서 움직인다는 사실!

'아메바가 움직이는 **원리**＊를 로봇에 어떻게 적용하지…….'

몇 달을 고민했지만 쉽게 방법이 떠오르지 않았다. 머리를 식히려고 거리를 걷던 중에 우연히 장난감 가게에 들어갔다. 선반에는 기다란 모양의 물 풍선이 있었다. 아이들이 흔히 가지고 노는 '워터 위글러(Water Wiggler)'였다. 장난감 물 풍선을 손에 쥐면 저 혼자 몸을 뒤집어 손에서 빠져나간다. 이 움직임을 로봇에 적용해 누구도 보지 못한 새로운 로봇을 구상한 제안서를 완성했다.

아메바 로봇은 우리가 보통 '로봇' 하면 떠올리는 모양과는 너무나도 달랐다. 로봇이라고 하면 끼릭끼릭 뻣뻣하게 움직이는 기계를 생각하지만, 긴 **원통형**＊에 말랑말랑한 재료로 만들어진 아메바 로봇을 본 사람들은 '이렇게 움직이는 로봇은 처음인데?' 하는 표정으로 깜짝 놀란다.

아메바 로봇은 재주도 많다. 몸이 길고 물렁물렁한 데다가 뒤집어지면서 움직이니 자기보다 훨씬 작은 구멍도 쉽게 통과할 수 있다. 건물이 무너져 좁은 공간을 비집고 들어가야 할 경우, 아메바 로봇이 딱이다. 또 아주 작게 만들면 사람의 몸속에 들어가 건강을 관찰할 수 있는 **내시경**＊ 로봇으로도 쓸 수 있다.

아메바 로봇은 단순한 아이디어에서 출발했다. 하지만 자연에서 얻은 아이디어를 실제로 만들기 위해 나는 직접 공부하며 방법을 찾았다.

1 이 글에 대한 설명으로 알맞은 것은 무엇인가요? (   )

글의
구조

① 전문가의 말을 제시하여 믿음을 주고 있다.

② 독자에게 질문하는 방식으로 설명하고 있다.

③ 자신이 겪은 일을 풍부한 설명을 곁들여 이야기하고 있다.

④ 두 가지의 사물의 공통점과 차이점을 찾아서 설명하고 있다.

⑤ 자신의 생각이나 느낌을 노래하는 느낌이 드는 말로 표현하고 있다.

2 아메바 로봇의 특징으로 알맞지 <u>않은</u> 것은 무엇인가요? (   )

내용
이해

① 말랑말랑한 재료로 만들어졌다.

② 아메바를 본떠서 원뿔 모양으로 만들었다.

③ 자기보다 훨씬 작은 구멍도 통과할 수 있다.

④ 건물이 무너져 좁은 공간을 비집고 들어가야 할 때 유용하다.

⑤ 아주 작게 만들면 사람의 몸속에 들어가 몸 안을 관찰할 수 있다.

3 아메바 로봇을 만든 과정에 맞게 순서대로 기호를 쓰세요.

내용
이해

㉮ 아메바의 원리를 로봇에 적용하는 방법에 대해 몇 달 간 고민함.

㉯ 우연히 아이들이 갖고 노는 물 풍선의 움직임을 보고 로봇에 적용함.

㉰ 어릴 때 아메바가 젤리처럼 유연하게 움직이는 모습을 본 것을 떠올림.

(   ) ➔ (   ) ➔ (   )

자연을 모방하는 까닭

인간은 삶을 편리하게 만드는 여러 가지 물건을 만들어 사용한다. 그중에는 **자연***의 모습이나 기능을 **모방***한 것들이 많다. 이렇게 자연의 모습이나 기능을 따라 만드는 것을 '**생체*** 모방'이라고 한다.

생체 모방이 가장 발전한 분야는 과학이다. 레오나르도 다 빈치는 새가 바람을 타고 나는 모습에서 비행기를 생각해 냈다. 어떤 과학자는 벽에 달라붙어 있는 도마뱀의 발바닥을 모방해 접착테이프를 만들었다. LED 전구는 처음에는 지금처럼 밝지 않았는데, 반딧불이가 빛을 내는 모습을 보고 모방하여 더 밝게 만들었다.

생체 모방은 의학 기술에도 적용되고 있다. 일본 의학자들은 인간이 모기에 물리는 순서에 통증을 안 느낀다는 것에서 아이디어를 얻어 모기 침을 모방한 원뿔 모양의 가느다란 주삿바늘을 발명했다. 그리고 피부에 붙여 통증 없이 약물을 넣는 패치형 주사기는 독사의 어금니를 모방한 사례다.

우리가 입는 옷에도 자연을 모방한 것이 있다. '찍찍이'라고도 불리는 **벨크로***는 우엉 씨앗을 본떠서 만들었다. 우엉 씨앗에 난 갈고리 모양의 작은 가시가 동물 털이나 사람 옷에 잘 들러붙는 성질을 이용한 것이다. 그리고 물에 잘 젖지 않는 옷감은 연잎 표면에 물방울이 흘러내리는 모습을 **응용***하여 발명한 것이다.

▲ 우엉 씨앗　　▲ 벨크로

자연은 풍요롭고 다양하며 끊임없이 변화하는 것처럼 보인다. 그래서 옛날 사람들은 자연에는 규칙이 없다고 생각하기도 했다. 하지만 자연의 모습을 가만히 들여다보면 놀라운 과학적인 원리와 규칙이 숨어 있다. 사람들은 이러한 자연을 모방하여 생활을 더 편리하게 만들어 준다.

어휘사전

* **자연**(自 스스로 자, 然 그럴 연) 사람의 힘이 더해지지 아니하고 저절로 생겨난 산, 강, 바다, 식물, 동물 같은 존재.

* **모방**(模 본뜰 모, 倣 본받을 방) 다른 것을 본뜨거나 본받음.

* **생체**(生 살 생, 體 몸 체) 살아 있는 몸. 생물의 몸.

* **벨크로**(velcro) 옷이나 신발 등의 두 쪽을 서로 떼었다 붙였다 하는 물건.

* **응용** 어떤 이론이나 이미 얻은 지식을 실제의 일에 맞추어 쓰는 것.

내용요약

글의 중심 내용을 생각하며 빈칸의 낱말을 써 보세요.

자연의 모습이나 기능을 따라 만드는 것을 ' ㅅ | ㅊ | ㅁ | ㅂ '이라고 한다. 이는 다양한 분야에 적용되어 우리 생활을 더 편리하게 해 준다.

88

1 이 글의 내용으로 알맞은 것은 무엇인가요? (   )

내용
이해

① 자연에는 규칙이 없다.
② 패치형 주사기는 모기 침을 모방해 만들었다.
③ 접착테이프는 우엉 씨앗에 난 가시를 본떠서 만들었다.
④ 생체 모방은 자연의 모습이나 기능을 따라 만드는 것이다.
⑤ 물에 잘 젖지 않는 옷감은 새가 나는 모습을 보고 만든 것이다.

2 자연과 그것을 모방한 물건을 서로 알맞게 연결하세요.

내용
이해

(1) 독사의 어금니   •   • ㉠ 비행기

(2) 도마뱀의 발바닥   •   • ㉡ LED 전구

(3) 새가 바람을 타고 나는 모습 •   • ㉢ 접착테이프

(4) 반딧불이가 빛을 내는 모습   •   • ㉣ 패치형 주사기

3 사람들이 자연을 모방하는 까닭으로 알맞은 것을 두 가지 골라 기호를 쓰세요.

추론
하기

㉮ 자연의 기능을 더 좋게 만들기 위해서
㉯ 사람들의 생활을 더 편리하게 만들 수 있기 때문에
㉰ 자연에는 과학적인 원리와 규칙이 숨어 있기 때문에
㉱ 자연은 풍요롭고 다양하며 끊임없이 변화하기 때문에

(   )

주제 정리   **1**   생각주제와 관련한 앞의 두 글을 읽고 내용을 정리해 보세요.

생체 모방
ㅈ ㅇ 의 모습이나 기능을 따라 만드는 것

예 1 IT 분야	• ㅇ ㅁ ㅂ 를 모방한 데니스 홍 박사의 재주 많은 로봇
예 2 과학	• 새가 바람을 타고 나는 모습을 모방한 비행기 • ㄷ ㅁ ㅂ 의 발바닥을 모방한 접착테이프 • 반딧불이를 모방한 LED 전구
예 3 의학	• 모기 침을 모방한 원뿔 모양의 가느다란 주삿바늘 • 독사의 어금니를 모방한 패치형 주사기
예 4 의상	• 우엉 씨앗을 본떠서 만든 벨크로 • 연잎의 모습을 응용해 만든 물에 잘 젖지 않는 옷감

2   다음 발명품은 어떤 자연을 모방했는지 알맞게 연결하세요.

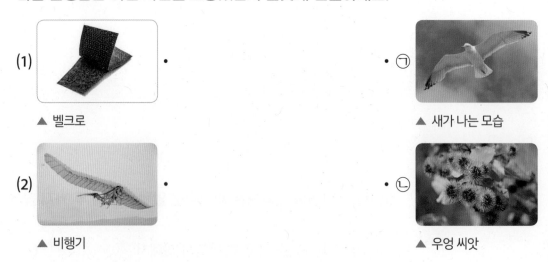

(1) ▲ 벨크로

• ㉠ ▲ 새가 나는 모습

(2) ▲ 비행기

• ㉡ ▲ 우엉 씨앗

3   사람들은 왜 자연을 모방하는지 자신의 생각을 써 보세요.

사람들이 자연을 모방하는 까닭은 ✎ _____

_____

_____

주제 어휘	원리	자연	모방	생체	응용

4 다음 주제 어휘와 뜻을 알맞게 연결하세요.

(1) 원리 •

(2) 응용 •

(3) 생체 •

(4) 모방 •

• ㉠ 살아 있는 몸, 생물의 몸.

• ㉡ 사물의 근본이 되는 이치.

• ㉢ 다른 것을 본뜨거나 본받음.

• ㉣ 어떤 이론이나 이미 얻은 지식을 실제의 일에 맞추어 쓰는 것.

5 다음 빈칸에 공통으로 들어갈 알맞은 낱말을 주제 어휘에서 찾아 쓰세요.

(1)
- 수행 평가할 때 다른 친구의 그림을 그대로 [   ]하면 안 된다.
- 사람들은 자연의 모습을 [   ]하여 편리한 물건을 많이 발명하였다.

→ [   ]

(2)
- 인간도 [   ]의 일부이다.
- 캠핑은 [   ]을 직접 경험하는 활동이다.

→ [   ]

6 다음 밑줄 친 말과 뜻이 비슷한 낱말을 주제 어휘에서 찾아 쓰세요.

> 우리 도시에는 크고 작은 공원이 있다. 공원에 가면 푸른 잔디와 아름다운 꽃, 다람쥐 등 사람의 힘이 더해지지 아니한 것을 마음껏 즐길 수 있다.

(　　　　　)

팔만대장경과 불타는 사자

팔만대장경과 불타는 사자

글 한정영
리틀씨앤톡

▲ 팔만대장경

어휘사전
* **미로**(迷 미혹할 미, 路 길 로) 어지럽게 갈래가 져서, 한번 들어가면 빠져나오기 어려운 길.
* **목판**(木 나무 목, 版 널빤지 판) 나무에 글이나 그림 등을 새긴 인쇄용 판.
* **대장경** 불교의 가르침을 두루 모아 적은 책.
* **불경**(佛 부처 불, 經 경서 경) 불교의 가르침을 적은 글.
* **불심**(佛 부처 불, 心 마음 심) 자비로운 부처의 마음.

뇌운 ㉠스님은 바삐 걸어 산더미처럼 쌓인 나무 옆을 지나 그늘진 숲으로 들어섰다. 숲속에는 허름하지만 아주 큰 건물이 한 채 자리 잡고 있었다.

뇌운 스님과 번개, 리우는 서슴없이 건물 안으로 들어갔다. 창이 아주 많은 건물이어서 산 위쪽에서 불어오는 바람이 그대로 느껴졌다. 아니, 그게 중요한 게 아니었다. 리우는 딱 다섯 걸음 만에 입을 쩍 벌릴 수밖에 없었다.

얼핏 보기에 책이 빼곡하게 꽂힌 책장을 수백, 아니 수천 개씩 일정한 간격으로 세워 놓고 그것으로 무슨 ㉡미로*를 만들어 놓은 것처럼 보였다.

리우는 조금 더 다가갔다. 그런데 책이라 생각했던 것은 책이 아니었다. 사방이 2~3미터쯤 되는 크기의 책장마다 예닐곱 개의 칸으로 나뉘어 있고, 그 각각의 칸에는 공책 서너 개를 합쳐 놓은 것만 한 크기의 **목판***이 셀 수 없이 빼곡하게 꽂혀 있었다. 높이는 어른 키보다 훨씬 높아서 목판의 숫자를 모두 합하면, 적어도 수만 장은 충분히 넘을 것 같았다. 그러는 동안에도 스님들은 지게 위에 목판을 몇 장씩 짊어지고 와서 빈칸에 목판을 가지런히 꽂아 넣고 있었다.

"이게 전부 뭐죠……?"

리우는 자신도 모르게 중얼거렸다.

"뭐긴 **대장경***을 만들기 위해서 잘라 놓은 목판이지."

"그러니까, 여기 있는 목판 전체에 ㉢**불경***을 새긴다는 말씀이죠?"

"그래, 이제 알겠느냐?"

뇌운 스님의 말에 리우는 자신도 모르게 고개를 끄덕였다. 그 순간, 머릿속에 무언가 떠올랐다. 교과서에서 보았던 장경판전이었다. 아빠와 해인사에 갔을 때 직접 본 적도 있었다. 그곳 장경판전에서 이처럼 수없이 많은 목판을 가지런히 보관하고 있었던 게 기억이 났다.

그때, 문득 번개가 삐딱하게 나섰다.

"그런데 대체 왜 불경을 나무판에 새기는 거냐고요?"

"이놈아! 내가 말하지 않았느냐? 이렇게 불경을 목판에 새기며, ㉣**불심***을 모으고, ㉤부처님의 마음을 얻어 몽골군을 물리치려는 것이라고."

1
내용
이해

스님들이 목판에 새긴 것은 무엇인지 이 글에서 찾아 쓰세요.

( )

2
어휘
이해

㉠~㉤ 중 불교와 관련 없는 것은 무엇인가요? ( )

① ㉠   ② ㉡   ③ ㉢   ④ ㉣   ⑤ ㉤

3
추론
하기

뇌운 스님이 사는 곳의 상황으로 알맞은 것을 골라 기호를 쓰세요.

⑦ 몽골을 침략함.
⑪ 몽골에게 침략을 당함.
⑭ 몽골을 몰아내고 평화를 찾음.

( )

4
적용
하기

다음 **보기**를 바탕으로 이 글을 알맞게 이해하지 못한 것은 무엇인가요?

( )

┤ **보기** ├

팔만대장경은 몽골군이 고려를 쳐들어왔을 때 만들어졌다. 현재 해인사의 장
경판전에 보관하고 있는 목판이 8만 1,258장이며, 전체 무게가 280톤에 이른다.
팔만대장경은 마치 한 사람이 쓴 것처럼 글씨 모양이 일정하며, 잘못 쓴 글자나
빠진 글자가 거의 없다.

① 뇌운 스님이 사는 때는 고려 시대이다.
② 스님들이 만들고 있는 것은 장경판전이다.
③ 장경판전은 목판을 보관하고 있는 건물이다.
④ 팔만대장경은 몽골군을 물리치기 위해 만들었다.
⑤ 팔만대장경을 만들기 위해 많은 스님이 노력했다.

팔만대장경과 장경판전

1 팔만대장경은 고려 시대 때 부처님의 말씀을 담은 불교 **경전***을 새긴 나무판이다. 고려에 침입한 몽골군을 물리치기 위한 마음을 담아 만든 것이다. 1236년부터 16년 동안이나 온 나라가 힘을 모아 만들었는데, 목판의 개수가 8만 장이 넘는다고 하여 '팔만대장경'이라 한다. 고려는 전쟁 중에 왜 팔만대장경을 만들었을까? 고려는 불교를 믿는 나라였다. 고려 사람들은 부처님의 말씀을 새겨서 널리 전하면 나라를 지켜 줄 것이라고 믿었다.

2 팔만대장경을 만드는 데는 나무를 베고 나르는 사람, 칠을 하는 사람, 글자를 새기는 사람 등 많은 노동력이 필요했다. 만드는 과정 또한 길고 복잡했다. 먼저 전국에서 가장 좋은 나무를 찾아내어 바닷물에 3년 동안 담가서 썩거나 벌레 먹는 것을 막았다. 이것을 알맞은 크기로 잘라 소금물에 삶고 말린 다음, 매끄럽게 다듬어서 목판을 만들었다. 그리고 목판 위에 불경을 적은 종이를 붙인 다음, 글자 모양대로 파냈다. 표면에는 옻칠을 하여 벌레 먹는 것을 막고, 뒤틀리지 않도록 구리판으로 모서리를 고정했다.

3 팔만대장경은 8만여 장의 목판 앞뒤 모두에 글자를 새겼다. 새겨진 글자 수만 5천만 자가 넘는데, 마치 한 사람이 쓴 것처럼 글자가 가지런하고 아름답다. 또 잘못 쓴 글자나 빠진 글자도 없다. 고려의 뛰어난 목판 인쇄 기술이 담겨 있어, 2007년에 유네스코 세계 **문화유산***으로 등재되기도 했다.

4 약 800년 전에 만들어진 팔만대장경은 오늘날까지 잘 **보존***되어 있다. 그 비결은 이를 보관하는 건축물인 해인사의 **장경판전***에 있다. 장경판전은 서남쪽을 향하고 있어서 강한 햇빛은 막아 주고, 적당한 빛은 사계절 내내 들어와 나무가 눅눅해지는 것을 막아 준다. 그리고 앞뒤 벽에 크기가 다른 창문을 내어, 공기가 잘 통하고 적당한 온도를 유지시켜 준다. 또 바닥에 숯과 소금, **석회***를 다져서 깔아 공기를 깨끗하게 하고, 습도를 조절해 준다.

어휘사전

* **경전**(經 경서 경, 傳 전할 전) 뛰어난 사람의 가르침을 적은 책.

* **문화유산** 조상들의 문화 중에서 후손들에게 물려줄 만한 가치가 있는 것.

* **보존**(保 지킬 보, 存 있을 존) 망가지거나 없어지지 않게 보살펴 남김.

* **장경판전**(藏 감출 장, 經 경전 경, 板 널빤지 판, 殿 전각 전) 해인사에 있는, 팔만대장경을 보관하는 건물.

* **석회**(石 돌 석, 灰 재 회) 조개껍데기 같은 석회석을 구워서 만든 흰 가루.

내용요약

글의 중심 내용을 생각하며 빈칸의 낱말을 쓰세요.

고려는 몽골군이 쳐들어왔을 때 [ㅂ][ㄱ]의 힘으로 나라를 지키기 위해 팔만대장경을 만들었다. 고려의 목판 인쇄 기술을 보여 주는 팔만대장경은 그 가치를 인정받아 유네스코 세계 문화유산으로 등재되었다.

1
중심
내용

이 글에서 가장 중심이 되는 말 두 가지를 **보기**에서 찾아 쓰세요.

┤ 보기 ├

고려   팔만대장경   유네스코   장경판전

(   )

2
추론
하기

❸에서 설명하는 내용으로 알맞은 것은 무엇인가요?   (   )

① 팔만대장경을 만든 까닭

② 팔만대장경의 뛰어난 가치

③ 팔만대장경을 만드는 과정

④ 팔만대장경을 부르는 다른 이름

⑤ 유네스코 세계 문화유산 등재 기준

3
적용
하기

팔만대장경이 세계 문화유산으로 등재된 기준을 두 가지 골라 기호를 쓰세요.

㉮ 현장 보존할 가치가 있는 자연 서식지이다.

㉯ 놀라운 자연 현상이나 뛰어난 자연미를 지니고 있다.

㉰ 글씨가 통일된 서체로 하나하나 아름답게 새겨져 있다.

㉱ 고려의 뛰어난 목판 인쇄 기술이 잘 담겨 있고 보존이 잘 되어 있다.

(   )

주제 정리 **1** 생각주제와 관련된 앞의 두 글을 읽고 내용을 정리해 보세요.

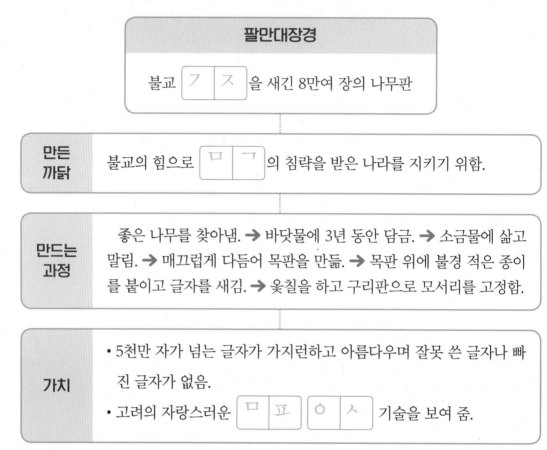

팔만대장경

불교 | ㄱ | ㅈ | 을 새긴 8만여 장의 나무판

만든 까닭
불교의 힘으로 | ㅁ | ㄱ | 의 침략을 받은 나라를 지키기 위함.

만드는 과정
좋은 나무를 찾아냄. ➡ 바닷물에 3년 동안 담금. ➡ 소금물에 삶고 말림. ➡ 매끄럽게 다듬어 목판을 만듦. ➡ 목판 위에 불경 적은 종이를 붙이고 글자를 새김. ➡ 옻칠을 하고 구리판으로 모서리를 고정함.

가치
• 5천만 자가 넘는 글자가 가지런하고 아름다우며 잘못 쓴 글자나 빠진 글자가 없음.
• 고려의 자랑스러운 | ㅁ | ㅍ | ㅇ | ㅅ | 기술을 보여 줌.

2 다음 두 사진이 공통으로 설명하는 문화유산으로 알맞은 것에 ○표 하세요.

불경이 새겨진 목판의 수가 8만 1,258장이다.

한 사람이 쓴 것처럼 글자 모양이 일정하고 아름답다.

(1) 불경을 집대성한 팔만대장경

(2) 팔만대장경을 보관하는 건물인 장경판전

3 고려가 팔만대장경을 만든 까닭은 무엇인지 자신의 생각을 써 보세요.

고려가 팔만대장경을 만든 까닭은 ✎

| 주제 어휘 | 목판 | 불경 | 불심 | 문화유산 | 보존 | 장경판전 |

4 다음 뜻에 알맞은 **주제 어휘**에 ○표 하세요.

(1) 자비로운 부처의 마음. 불심 | 진심

(2) 불교의 가르침을 적은 글. 불경 | 삼경

(3) 망가지거나 없어지지 않게 보살피어 남김. 보존 | 보유

(4) 나무에 글이나 그림 등을 새긴 인쇄용 판. 석판 | 목판

5 다음 빈칸에 공통으로 들어갈 알맞은 낱말을 **주제 어휘**에서 찾아 쓰세요.

가야산에 있는 해인사는 802년 통일 신라 때에 지은 절로 우리나라 3대 사찰 중 하나이다. 팔만대장경을 보관하고 있는 건물인 [   ]은 해인사의 건물 중에서 가장 오래되었다. 처음 지은 시기는 정확히 알려지지 않았지만, 조선 세조 때인 1457년에 크게 다시 지었다고 전해진다. [   ]은 팔만대장경을 보관하기 위해 지어진 과학적이고 우수한 건물이다.

(   )

6 다음 문장의 밑줄 친 말과 바꿔 쓸 수 있는 낱말에 ○표 하세요.

(1) 우리나라에는 석굴암, 종묘, 창덕궁 등 훌륭한 문화재가 많이 있다.

→ 문화유산 | 문화생활

(2) 우리나라는 문화재를 잘 보호하고 간수하기 위해 문화재 보호법을 시행하고 있다.

→ 보존하기 | 의존하기

은하 마을 수비대의 꿈꾸는 도시 연구소

은하 마을
수비대의
꿈꾸는
도시 연구소
글 오시은
주니어김영사

어휘사전

* **재개발**(再 다시 재, 開 열 개, 發 필 발) 이미 있는 것을 더 낫게 하기 위하여 다시 개발함.

* **재생**(再 다시 재, 生 날 생) 죽게 되었다가 다시 살아나는 것.

* **상권**(商 장사 상, 圈 구역 권) 어떤 곳을 중심으로 장사 등 상업이 이루어지는 범위.

* **녹지**(綠 초록 녹, 地 땅 지) 도시의 자연환경 보호와 공해 방지를 위해 풀이나 나무를 일부러 심어 놓은 지역.

* **하자**(瑕 흠집 하, 疵 결점 자) 흠이나 잘못된 점.

"안녕하십니까? 저는 도시 공학자인 유정길 박사입니다. 그동안 **재개발***에 대해 많이 들으셨겠지만, 오늘은 **재생*** 도시를 설명하려고 왔습니다."

여기저기서 웅성거림이 터져 나왔다. 유 박사가 분위기를 진정시키려는 듯 잠시 기다렸다가 다시 말하기 시작했다.

"재개발은 말 그대로 무언가를 헐어 버리고 새로 짓는 겁니다. 여기 계신 분들은 재개발로 집값이 오를 거라고 기대하실지도 모르겠지만, 제가 확인하고 연구한 결과는 다릅니다."

웅성거림이 더욱 커졌다. 유정길 박사가 다시 말문을 열었다.

"㉠단기적으로 집값이 오르기는 하겠지만 장기적으로는 오히려 나쁜 결과를 불러올 겁니다. 이곳은 큰길 주변만큼 교통이 편하지 않아서 집값이 오르는 데에 결국 한계가 있어요. 하지만 개발 때문에 생길 단점은 똑같지요."

"개발 때문에 단점이 생긴다고요?"

누군가가 묻자 유 박사가 고개를 끄덕였다.

"네, 예를 들면 ㉡지역 **상권***이 무너지고 ㉢**녹지***가 사라지면서 주변 생태계가 파괴되는 일 등 말입니다. 그러니 획일적인 재개발보다는 ㉣지역 특색을 살려 도시 재생 사업을 추진하는 것이 좋습니다. 산과 녹지가 있어 공기가 좋고, 아늑하고 조용한 이 마을의 특징을 살린다면 가치를 높일 수 있을 거예요."

유 박사의 말이 끝나자마자 다른 목소리가 끼어들었다.

"하지만 우리 아파트는 안전 진단에서 불합격을 받았는데요."

유정길 박사가 대답했다.

"그 부분에 대해서도 정밀 조사를 했습니다. 안전 진단에서 낮은 점수를 받은 건 심각한 **하자*** 때문이 아니더군요. 이 아파트는 꽤 튼튼해요. 오랫동안 여기에 살고 계신 분들이니 저보다 더 잘 아실 겁니다."

그 말에 불독 할아버지가 씩씩거리며 자리에서 일어났다.

"우리는 그런 소리나 듣자고 모인 게 아니에요! 이런 설명회라면 필요 없으니 당장 나가시오!"

뒤이어 기다렸다는 듯 할아버지를 편드는 말들이 곳곳에서 터져 나왔다.

1

내용 이해

이 글의 내용과 일치하지 <u>않는</u> 것은 무엇인가요?   (   )

① 유정길 박사는 재개발에 반대하는 입장이다.

② 주민들이 살고 있는 아파트는 교통이 불편하다.

③ 불독 할아버지는 재개발하는 것에 반대하는 사람이다.

④ 주민들이 살고 있는 아파트는 안전하지 않다는 진단을 받았다.

⑤ 주민들이 아파트 재개발에 찬성하는 이유는 집값이 오르기 때문이다.

2

글의 구조

다음은 이 글에 나타난 갈등을 정리한 것이에요. ㉮에 들어갈 알맞은 말을 쓰세요.

은하 마을 개발을 둘러싼 은하 마을 주민들과 도시 공학자의 갈등

은하 마을 주민들		도시 공학자
집값이 오를 것이므로 헐어 버리고 다시 짓는 재개발을 해야 함.	↔	지역 상권을 살리고 생태계를 보존할 수 있는 ㉮ 사업을 추진해야 함.

(   )

3

추론 하기

㉠~㉣ 중 도시 재개발의 영향이 <u>아닌</u> 것을 찾아 기호를 쓰세요.

(   )

4

추론 하기

이 글 바로 뒤에 이어질 주민의 말로 알맞은 것을 찾아 기호를 쓰세요.

㉮ "맞아요. 공기가 깨끗해서 밤에 별도 많이 보여요."

㉯ "집 가까이에 산이 있다는 건 큰 장점인 것 같아요."

㉰ "맞아요. 이번에는 반드시 재개발을 해야 돼요. 여긴 교통이 너무 불편하다고 요."

(   )

도시를 살리는 방법

▲ 도시 재개발

어휘사전

* **도시**(都 도읍 도, 市 시장 시) 정치·경제·문화의 중심이 되며 사람이 많이 살고 여러 시설이 모여 있는 곳.

* **관공서**(官 관청 관, 公 함께할 공, 署 관청 서) 관청과 공공 기관.

* **상하수도**(上 위 상, 下 아래 하, 水 물 수, 道 길 도) 상수도와 하수도를 아울러 이르는 말.

* **재건축**(再 다시 재, 建 세울 건, 築 쌓을 축) 이미 있던 건축물을 허물고 다시 세우거나 쌓아 만드는 것.

도시*는 많은 사람이 모여 사는 곳이다. 아파트나 빌딩같이 높은 건물이 많고, 도로와 철도가 연결되어 교통이 편리하다. 경찰서, 소방서, 주민 센터 등 **관공서***가 모여 있고, 박물관, 미술관 등 문화 시설도 잘 갖추어져 있다. 그래서 낮밤으로 쉬지 않고 돌아가는 도시를 살아 있는 ㉠생명체에 비유하기도 한다.

살아 있는 생명체가 병들고 늙는 것처럼, 도시도 오래되면 여러 가지 문제가 생긴다. 건물은 낡고 때가 타 흉하게 변하고, 도로를 덮은 아스팔트나 보도블록이 망가진다. 전기나 **상하수도*** 시설이 고장 나기도 한다. 가장 큰 문제는 사람들이 떠나 도시가 비어 가는 것이다.

이렇게 오래되어 병든 도시를 살리는 방법에는 '도시 재개발'과 '도시 재생' 두 가지가 있다. 도시 재개발의 목적은 낙후된 환경을 개선하여 주민들이 살기 좋게 만드는 것이다. 이를 위해서 원래 있는 건물들을 허물고 그 자리에 새로운 건물들을 세운다. 오래된 아파트를 허물고 **재건축***하거나, 도로를 새로 만들기도 한다. 한편 도시 재생은 원래 있던 도시의 건물들을 허물지 않고 다시 살리는 것을 목적으로 한다. 낡은 건물을 새로 칠하거나 고치고, 오래되고 불편한 시설들은 부분적으로 바꾸고 고치는 것이다.

도시 재개발을 하면 건물이나 시설 등을 새로 짓고 만들므로 깨끗하고 편리한 도시가 만들어진다. 그리고 새로 지은 편의 시설로 인해 복지와 문화를 충분히 누릴 수 있다. 반면 생태계가 파괴되고, 오랫동안 살아온 터전과 문화, 이웃들과의 공동체가 대부분 사라진다는 단점이 있다.

도시 재생은 생태계를 살리고 역사적으로 의미 있는 유적이나 자연, 공동체 문화를 지킬 수 있다는 장점이 있다. 옛것과 새것이 어우러져 그 도시만의 독특한 분위기가 만들어지고 인기 관광지가 되기도 한다. 반면에 도시 재생은 주민들이 살아가는 데 필요한 일자리가 새로 만들어지지 않고, 살기 불편하다는 단점이 있다.

내용요약

글의 중심 내용을 생각하며 빈칸의 낱말을 써 보세요.

도시를 살리는 두 가지 방법은 원래 있던 건물들을 모두 허물고 그 자리에 시설들과 건물을 새로 짓는 도시 ⊏⊐ㅂ 과, 원래 있던 건물과 시설을 부분적으로 바꾸고 고치는 도시 ㅈㅅ 이 있다.

1 글쓴이가 이 글을 쓴 목적은 무엇인가요? (   )

중심
내용

① 도시의 기능과 구조를 설명하기 위해
② 도시 재개발을 막아야 한다고 설득하기 위해
③ 도시를 살리는 두 가지 방법을 설명하기 위해
④ 도시 재생으로 도시를 살리자고 제안하기 위해
⑤ 생명체와 같은 도시를 보호하자고 주장하기 위해

2 도시를 ㉠에 비유하는 까닭으로 알맞은 것을 두 가지 고르세요. (   )

추론
하기

① 오래되면 문제가 생겨서
② 다시 새로 만들 수 있어서
③ 전통과 역사를 갖고 있어서
④ 낮밤없이 쉬지 않고 돌아가서
⑤ 옛것과 새것이 어우러질 수 있어서

3 도시를 살리는 방법이 나머지와 <u>다른</u> 하나를 골라 기호를 쓰세요.

적용
하기

> ㉮ 움푹 패인 도로를 다시 포장하기
> ㉯ 어두운 곳에 밝은 가로등을 설치하기
> ㉰ 낡은 산동네 집들을 모두 허물고 새 아파트 짓기

(   )

4 다음 **보기**는 '도시 재개발'과 '도시 재생' 중 어떤 방법에 찬성하는 내용인지 골라
○표 하세요.

비판
하기

┤ **보기** ├

　우리 도시의 낡은 건물을 전부 허물어 고층 아파트를 지으면 땅을 효율적으로
쓸 수 있고 집값도 오를 것이다. 주차장을 새로 만들어 주차난을 해소할 수 있고,
소방차가 들어갈 수 없는 도로를 넓혀 화재에도 대응할 수 있다. 이렇게 편리하
고 살기 좋은 도시로 새롭게 만든다면 젊은 사람들도 이 도시로 살러 오게 될 것
이다.

(1) 도시 재개발 (   )　　　　(2) 도시 재생 (   )

주제 정리

1 생각주제와 관련된 앞의 두 글을 읽고 내용을 정리해 보세요.

도시를 살리는 두 가지 방법

도시 ㅈ ㄱ ㅂ	도시 ㅈ ㅅ
장점 • 깨끗하고 편리한 환경에서 살 수 있음. • 복지와 문화를 충분히 누릴 수 있음.	• 지역 상권을 살림. • ㅅ ㅌ ㄱ 를 보존하며, 마을의 특색을 살릴 수 있음. • 전통과 역사를 지킬 수 있음.
단점 • 지역 상권이 무너지고, 생태계가 파괴됨. • 오랫동안 살아온 터전과 문화, 공동체가 많이 사라짐.	• 일자리가 새로 만들어지지 않음. • 살기 불편함.

2 다음 두 친구가 말하는 사례는 도시를 살리는 방법 중 어느 것에 해당하는지 알맞은 것을 골라 ○표 하세요.

오랜 전통이 있는 광주 송정역 시장은 각각의 상점들이 가진 과거의 흔적을 남기고, 새로움을 더해 옛것과 새것이 어우러진 시장이 되었어. — 지아

인구가 줄어 쇠락해 가던 부산 감천 마을은 2010년 '미로미로 골목길 프로젝트'로 미로와 같았던 골목길을 고치고, 담장에 벽화를 그려 관광객이 찾는 문화 마을이 되었어. — 이안

(1) 도시 재개발 (   )   (2) 도시 재생 (   )

3 도시를 살리는 방법 중 하나를 골라 자신의 생각을 써 보세요.

　나는 도시를 살리는 두 가지 방법 중 (　　　　　　　　)이 더 좋다고 생각한다. 왜냐하면 ✎

_____

_____

| 주제 어휘 | 재개발 | 재생 | 녹지 | 하자 | 도시 | 재건축 |

4 다음 뜻에 알맞은 주제 어휘에 ○표 하세요.

(1) 흠이나 잘못된 점. [하차] [하자]

(2) 죽게 되었다가 다시 살아나는 것. [발생] [재생]

(3) 이미 있는 것을 더 낫게 하기 위하여 다시 개발함. [재개발] [재활용]

(4) 이미 있던 건축물을 허물고 다시 세우거나 쌓아 만드는 것. [재건축] [조합]

5 다음 빈칸에 들어갈 알맞은 낱말을 주제 어휘에서 찾아 쓰세요.

(1) (　　　　)는 농촌이나 어촌에 비해 인구가 많다.

(2) 여러 번 안전 진단 검사를 다시 했지만, 이 건물은 아무런 (　　　　)가 없다.

(3) 구청장 후보는 산책과 운동을 할 수 있도록 (　　　　)를 늘리겠다고 약속했다.

(4) 연남동은 정감 있는 골목길의 느낌을 그대로 살리면서 시설을 깨끗하게 고치는 도시 (　　　　) 사업을 했다.

6 다음 밑줄 친 말과 바꿔 쓸 수 있는 낱말을 주제 어휘에서 찾아 쓰세요.

과일 가게 앞에서 장바구니를 든 사람들이 진지한 표정으로 과일을 이리저리 살펴보고 있었다. 어떤 아주머니는 코에 대고 킁킁 냄새를 맡아 보기도 한다. 다들 흠 없이 온전하고 큰 과일을 사려고 하는 것 같다.

(　　　　　　)

4장

2개의 글을 연결해 재미있게 읽어요~

조선의 여걸 박씨 부인

조선의 여걸
박씨 부인

글 정출헌
한겨레아이들

"**용골대***야, 어디를 도망가려 하느냐?"

용골대가 소리 나는 쪽으로 고개를 돌리자, 바로 머리 위에 흰 구름을 탄 박씨 부인의 모습이 보였어요.

"이크, 큰일났다!"

용골대는 더욱더 채찍을 세게 휘두르며 길을 재촉했어요. 그러면서 겨우 용기를 내어 소리쳤어요.

"너희 나라 왕이 이미 항복하고 **중전***과 **세자***를 데려가도록 했다. 길을 막지 말거라!"

"㉠그토록 많은 사람을 죽였는데 아직도 무엇이 모자라서 이들을 데려가느냐. 이들이 무슨 죄가 있느냐! 당장 풀어 주지 않으면 목숨이 붙어 있지 못할 것이다!"

하지만 ㉡용골대는 들은 척도 하지 않고 더욱 세차게 말을 몰았습니다.

㉢박씨 부인은 하는 수 없이 하늘을 우러러 주문을 외웠습니다. 그러자 갑자기 눈보라가 몰아쳤어요. 눈은 금세 군사들의 발을 덮었어요. 청나라 군사들의 발이 꽁꽁 얼어 땅에 붙어 버리고 말았지요. 군사들은 ㉮돌이 된 것처럼 한 발자국도 움직일 수가 없었습니다.

박씨 부인은 **서슬*** 퍼런 목소리로 외쳤어요.

"그들을 풀어 주어라. 그렇지 않으면 한 사람도 너희 나라로 돌아가지 못할 것이다!"

마침내 용골대는 박씨 부인의 손에서 벗어날 수 없다는 것을 깨달았어요. ㉣그제야 칼을 버리고 꿇어앉아 목숨을 구걸하기 시작했어요.

"부인, 시키는 대로 할 테니 부디 목숨만 살려 주시오."

박씨 부인은 중전과 세자, 그리고 부녀자들을 풀어 주게 하고, 용골대와 청나라 군사들에게 빨리 조선 땅을 떠날 것을 명령했습니다. 용골대는 박씨 부인에게 **거듭*** 머리를 조아리고 남은 병사들을 데리고 황급히 떠났습니다.

박씨 부인이 한 일을 전해 들은 인조 임금은 박씨 부인과 시백을 궁궐로 불러 고마움을 전했어요.

어휘사전

* **용골대**(龍 용 용, 骨 뼈 골, 大 큰 대) 중국 청나라의 장수 이름.

* **중전**(中 가운데 중, 殿 큰 집 전) '왕비'를 높여서 부르던 말.

* **세자**(世 세상 세, 子 아들 자) 임금의 자리를 이을 임금의 아들.

* **서슬** 강하고 날카로운 기세.

* **거듭** 어떤 일을 되풀이하여.

1 이 글의 중심 사건에 맞게 빈칸에 알맞은 말을 쓰세요.

중심 내용

> 박씨 부인은 용골대가 이끄는 ☐☐의 군대를 물리쳤다. 그리고 잡혀가던 중전과 세자, 부녀자들을 구했다. 인조 임금은 박씨 부인이 한 일을 듣고 궁궐로 불러 고마움을 전했다.

2 이 글의 내용과 일치하지 <u>않는</u> 것은 무엇인가요? ( )

내용 이해

① 박씨 부인은 도술을 부리는 능력이 있다.

② 용골대는 박씨 부인에게 목숨을 구걸했다.

③ 인조 임금은 박씨 부인에게 고마운 마음을 전했다.

④ 중전과 세자는 청나라 군대에게 잡혀가는 중이었다.

⑤ 인조 임금은 용골대가 중전과 세자를 데려가지 못하게 막았다.

3 밑줄 친 ㉮의 의미로 알맞은 것은 무엇인가요? ( )

추론 하기

① 군사들이 돌로 변하였다.

② 군사들이 돌처럼 굳어졌다.

③ 군사들이 돌처럼 회색으로 변했다.

④ 군사들이 돌처럼 하나의 덩어리가 되었다.

⑤ 군사들이 돌처럼 변해 데굴데굴 굴러갔다.

4 이 글의 ㉠~㉣ 중 보기의 밑줄 친 부분에 해당하는 것을 찾아 기호를 쓰세요.

적용 하기

┤ 보기 ├

> 고전 소설의 특징 중 하나는 현실에서는 일어날 수 없는 일들을 그린다는 점이다. 「홍길동전」에서 홍길동이 구름을 타고 하늘을 난다거나, 「별주부전」에서 자라와 토끼가 바다 속에서 용왕을 만나는 장면 등이 대표적인 예이다.

( )

문학과 역사

문학*은 현실을 바탕으로 상상*해서 만들어 낸 이야기이다. 그중에는 실제* 있었던 역사적 사건이나 인물을 다룬 작품도 있다. 왜 역사*를 바탕으로 문학을 창작하는 것일까? 문학과 역사는 어떤 점이 같고, 어떤 점이 다른지 살펴보자.

「조선의 여걸* 박씨 부인」속 병자호란은 조선 인조 임금 때 청나라가 조선을 침략한 전쟁이다. 당시 조선은 청나라와 형제 관계를 맺고 있었다. 그런데 힘이 커진 청나라가 조선에 신하의 나라가 될 것을 요구하며 쳐들어왔다. 이에 임경업 장군이 이끈 군대가 백마산성에서 맞서 싸웠으나 막지 못했다. 그래서 인조와 신하들은 남한산성으로 피난을 가고, 끝내 청나라에 항복*하고 말았다.

「조선의 여걸 박씨 부인」은 바로 이 병자호란을 배경으로 쓴 소설이다. 실제 있었던 인물인 이시백의 부인으로 나오는 박씨 부인은 작가가 꾸며 낸 인물이다. 박씨 부인은 학문과 재주가 뛰어나고, 지혜와 용기를 지닌 인물로 그려진다. 또 초능력이 있어서 청나라가 쳐들어올 것을 미리 알고 사람들에게 대비하라고 말한다. 그러나 왕과 신하들은 박씨 부인의 예언을 무시한다. 결국 청나라는 조선을 침략했고, 조선은 청나라에 항복한다. 그러자 박씨 부인은 청나라로 돌아가던 용골대를 쫓아가 크게 혼내 무릎 꿇고 빌게 만든다. 왕은 그제서야 박씨 부인의 공을 인정하고, 그의 말을 듣지 않은 것을 뉘우친다.

사람들은 왜 역사적 사실을 소재로 하여 문학을 창작할까? 실제 병자호란에서는 조선이 졌지만, 작품 속에서는 조선이 청나라를 혼내 준다. 이렇게 실제 역사에서 안타까운 부분을 고쳐 써서 독자들에게 만족감을 줄 수 있기 때문이다. 또 역사 속 사건을 생생히 간접 경험하게 해 주기도 한다.

문학과 역사에는 인물, 배경, 사건이 있다는 공통점이 있다. 하지만, 역사는 실제 있었던 일을 그대로 기록한 것이고, 문학은 일어날 법한 일이나 실제 일어난 일에 상상으로 만든 인물이나 사건을 더한 것이다.

어휘사전

* 문학(文 글 문, 學 배울 학) 생각이나 느낌을 글로 나타내는 예술. 시, 소설, 희곡 등이 있음.

* 상상(想 생각 상, 像 모양 상) 실제로는 없거나 보이지 않는 것을 머릿속에서 떠올리는 것.

* 실제(實 열매 실, 際 가 제) 일이나 형편이 정말로 그러한 것.

* 역사(歷 지낼 역, 史 역사 사) 나라와 민족, 한 사회가 생겨나 오늘에 이르기까지 겪어 온 과정을 기록한 것.

* 여걸(女 여자 여, 傑 뛰어날 걸) 용기가 뛰어나고 씩씩한 기운이 넘치는 여자.

* 항복(降 내릴 항, 伏 엎드릴 복) 상대의 힘에 눌리어 명령이나 뜻에 따라 하는 것.

▲ 역사 속 병자호란

▲ 문학 속 병자호란

1 이 글의 내용으로 알맞지 <u>않은</u> 것은 무엇인가요? (   )

내용
이해

① 역사적 사건을 다룬 문학 작품들이 있다.

② 병자호란은 조선 시대에 청나라가 쳐들어온 전쟁이다.

③ 실제 역사는 병자호란 때 조선이 청나라에 항복하였다.

④ 「조선의 여걸 박씨 부인」의 주인공 박씨 부인은 실제 인물이다.

⑤ 「조선의 여걸 박씨 부인」은 사실과 다르게 꾸며 낸 내용이 들어 있다.

2 이 글의 특징으로 알맞은 것은 무엇인가요? (   )

글의
구조

① 두 대상을 비교하여 설명하고 있다.

② 시간 순서대로 사건을 나열하고 있다.

③ 문제를 풀어 나가는 방법을 설명하고 있다.

④ 눈앞에 있는 물건을 자세하게 그려 내고 있다.

⑤ 어떤 현상에 대해 원인과 결과가 무엇인지 설명하고 있다.

3 이 글에서 설명하는 역사와 문학의 관계를 잘 보여 주는 것을 골라 기호를 쓰세요.

적용
하기

㉮ 고려의 건국 – 소설 「태조 왕건」
㉯ 한국의 6.25 전쟁 – 6.25 전쟁 당시 해외 신문 기사
㉰ 제2차 세계 대전 때의 독일 – 제2차 세계 대전 사진

(   )

 1 생각주제와 관련된 앞의 두 글을 읽고 내용을 정리해 보세요.

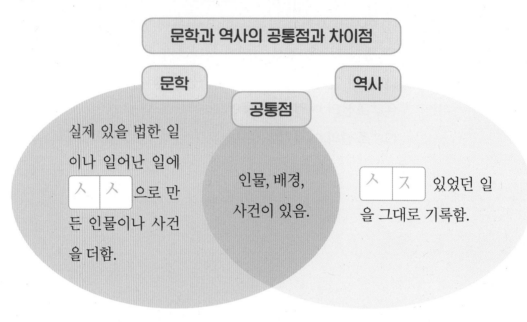

문학과 역사의 공통점과 차이점

문학

실제 있을 법한 일이나 일어난 일에 ㅅㅅ 으로 만든 인물이나 사건을 더함.

공통점

인물, 배경, 사건이 있음.

역사

ㅅ ㅈ 있었던 일을 그대로 기록함.

2 역사적 사실이 아닌, 상상에 해당하는 것을 두 가지 찾아 ○표 하세요.

(1) 임경업 장군이 이끈 군대가 백마산성에서 청나라에 맞서 싸웠으나 패했다.

(2) 이시백의 부인 박씨는 청나라 군대가 끌고 가던 사람들을 모두 구해 냈다.

(3) 청나라 장수 용골대는 박씨 부인 앞에 꿇어앉아 목숨만 살려 달라고 빌었다.

(4) 임금과 신하들은 남한산성으로 피난을 갔고, 조선은 청나라에 항복했다.

3 문학과 역사는 어떻게 다른지 자신의 생각을 써 보세요.

문학과 역사는 특정한 시대를 배경으로 한 사건과 인물이 나온다는 점이 같다. 다른 점은 ✎

주제 어휘	문학	상상	실제	역사	여걸

4 다음 뜻에 알맞은 **주제 어휘**에 ◯표 하세요.

(1) 일이나 형편이 정말로 그러한 것. | 실물 | 실제 |

(2) 용기가 뛰어나고 씩씩한 기운이 넘치는 여자. | 여걸 | 여인 |

(3) 생각이나 느낌을 글로 나타내는 시, 소설 등의 예술. | 문학 | 문자 |

(4) 실제로는 없거나 보이지 않는 것을 머릿속에서 떠올리는 것. | 상상 | 실상 |

5 다음 빈칸에 공통으로 들어갈 알맞은 낱말을 주제 어휘에서 찾아 쓰세요.

(1)
- 신라가 삼국을 통일한 것은 ⬚⬚⬚⬚⬚⬚적인 사실이다.
- 내가 동요 대회에서 일 등을 한 것은 우리 집 ⬚⬚⬚⬚⬚⬚에 남을 일이다.

→ ⬚⬚

(2)
- 내 친구는 키가 커서 ⬚⬚⬚⬚⬚⬚보다 어른스러워 보인다.
- 사람이 탄 우주선이 우주에서 고장 난 것은 ⬚⬚⬚⬚⬚⬚ 있었던 일이다.

→ ⬚⬚

6 다음 문장의 밑줄 친 말과 바꿔 쓸 수 있는 낱말에 ◯표 하세요.

(1) 정현이는 할머니의 옛이야기 속 인물을 머릿속에 떠올리며 그려 보았다.

→ | 상상하며 | 기억하며 |

(2) 인류 역사에는 잘 알려지지 않은 용기가 뛰어나고 씩씩한 여성이 많다.

→ | 여걸 | 여왕 |

우리도 주식회사 한번 만들어 봐?

애덤 스미스 아저씨네 경제 문구점
글 예영
주니어김영사

어휘사전

＊**자본**(資 재물 자, 本 근본 본) 상품을 만드는 데 필요한 생산 수단이나 노동력.

＊**주식**(株 주식 주, 式 법 식) 투자자들이 투자한 금액을 공식적으로 증명해 주는 서류.

＊**투자**(投 던질 투, 資 재물 자) 더 많은 이익을 얻기 위해 자본을 대거나 시간과 정성을 쏟는 것.

＊**손해**(損 덜 손, 害 해로울 해) 물질적으로나 정신적으로 잃거나 해를 입는 것.

＊**이익**(利 이로울 이, 益 더할 익) 물질적으로나 정신적으로 보탬이 되는 것.

"**자본**＊이 없어도 장사를 할 수 있긴 하지."

"그게 무슨 말씀이세요?"

"장사를 하는 데 드는 비용, 그러니까 상품이나 상품을 마련할 돈이 없어도 장사를 할 수 있다는 말이다."

"저희한테도 알려 주세요."

"너희, 주식회사가 뭔 줄 아냐?"

"혹시 개인이 하는 회사가 아니라 주인이 여러 명인 회사 아닌가요?"

"그래, 완진이 말이 맞다. 정확하게 말하자면, 주식회사는 **주식**＊을 발행해서 여러 사람에게 자본을 **투자**＊ 받아 운영되는 회사야. 주식회사의 시작은 1600년대로 거슬러 올라가지."

"1600년대라고요?"

"그래. 당시 유럽의 상인들은 배를 타고 아시아나 아프리카에 드나들며 장사를 했어. 그런데 이 장사에는 아주 많은 위험이 따랐지. 배를 타고 머나먼 바닷길을 가다 보면 폭풍우에 배가 뒤집히거나 해적선을 만나 돈이나 물건을 몽땅 빼앗기는 경우가 있었거든."

아저씨의 얘기만으로도 머릿속에 아찔한 장면이 떠올랐다.

"㉠그래서 많은 고민 끝에 새로운 형태의 회사를 만들어 보기로 했단다. 배를 타고 나가는 무역 사업을 하는 데 필요한 모든 자금을 여러 명이 나눠서 내고, 그 돈을 낸 사람들이 배의 주인이 되는 회사였지."

태랑이가 반가운 얼굴로 손가락을 튕겼다.

"아하! 그러면 혹시라도 배가 부서지거나 해적선에게 당해서 생기던 **손해**＊도 여러 사람에게 조금씩 나누어지겠군요."

완진이는 아저씨에게 되물었다.

"대신 **이익**＊이 생기면 투자한 만큼 공평하게 나눠 갖는 거지요? 손해도 함께 책임지고, 이익도 함께 나눠 갖고요?"

아저씨가 고개를 끄덕였다.

태랑이가 골똘히 생각에 잠기는 듯하더니 갑자기 완진이 어깨를 쳤다.

"방금 아주 좋은 아이디어가 떠올랐어. 우리도 주식회사를 만드는 거야. 투자자들이 내는 자금을 돈이 아닌 물건으로 받는 거지. 바로 만화책!"

1
중심
내용

빈칸에 들어갈 알맞은 말을 이 글에서 찾아 쓰세요.

주식회사는 [ ] 을 발행해서 여러 사람에게 자본을 투자받아 운영되는 회사이다.

2
내용
이해

유럽의 상인들이 ㉠과 같은 결정을 내린 까닭은 무엇인가요? (   )

① 혼자만 많은 이익을 차지하고 싶어서

② 여러 사람이 함께 일하는 것이 더 위험해서

③ 한 명이 이익을 다 가져가는 것을 막기 위해서

④ 배를 타고 먼곳에서 장사하는 위험을 여럿이 나눌 수 있어서

⑤ 사람들이 배를 타고 먼 곳으로 장사하러 나가기를 원하지 않아서

3
내용
이해

주식회사에 대해 알맞게 설명하지 <u>못한</u> 친구의 이름을 쓰세요.

채은: 주식회사는 한 사람에게 투자받아 운영되는 회사야.

은우: 주식회사는 투자한 사람들 모두가 회사의 주인이야.

민아: 주식회사는 이익이 생기면 투자한 만큼 공평하게 나누어 가져.

(   )

4
추론
하기

이 글의 뒤에 이어질 내용으로 가장 알맞은 것은 무엇인가요? (   )

① 아저씨의 주식을 나누어 갖는 태랑과 완진

② 배를 타고 만화책 사업을 나서는 태랑과 완진

③ 부모님에게 주식회사가 무엇인지 여쭤보는 태랑과 완진

④ 친구들에게 만화책을 투자할 것을 설득하는 태랑과 완진

⑤ 부모님에게 만화책을 구입할 자금을 부탁하는 태랑과 완진

주식과 주식회사

「애덤 스미스 아저씨네 경제 문구점」의 태랑은 알뜰 장터에서 판매할 물건을 고민하다가 '주식회사 중고 만화책방'을 차리기로 했다. 태랑은 만화책을 투자할 친구들을 모아서 책을 판 **수익금***을 나누어 주기로 했다. 친구들이 투자한 만화책의 수와 판매 가격에 따라, **수수료*** 10퍼센트를 빼고 나누어 주기로 한 것이다. 이에 태랑의 주식회사에는 183권의 중고 만화책이 들어왔고, 하루만에 모두 판매되었다.

태랑이 투자할 친구들을 모은 것처럼, 회사도 회사를 세우고 꾸려 나가기 위해 투자할 사람들을 모아 돈을 마련한다. 이때 회사는 투자한 사람들에게 투자한 돈만큼의 주식을 발행하여 준다. 주식은 투자자들이 투자한 금액을 공식적으로 증명해 주는 서류이다. 그리고 주식을 갖고 있는 사람을 **주주***라고 하는데, 회사의 주인이라는 뜻이다. 이들은 주식을 가진 만큼 회사 경영에 참여하는 권리를 가진다.

그러면 주주들은 어떻게 돈을 버는 것일까? 자신이 투자한 회사가 이익을 얻고 잘되면 주식값이 올라가서, 주주들은 그만큼 돈을 벌게 된다. 반면 회사가 경영을 잘 못해서 이익을 내지 못하면 주식값이 떨어지고, 주주들도 그만큼 돈을 잃게 된다. 그래서 주식을 살 때는 투자하려는 회사의 전망이 어떤지 잘 알아보아야 한다. 그리고 단기간에 돈을 벌려고 하기보다 앞으로 성장할 회사의 주인이 되겠다는 마음으로 해야 한다.

그렇다면 주식은 어떻게 사고파는 것일까? 주식은 증권 회사에 가서 사고팔 수도 있고, 관련 **애플리케이션***을 통해 계좌를 만들어 돈을 입금하고 원하는 주식을 골라서 사고팔 수 있다.

어휘사전

* **수익금**(收 거둘 수, 益 더할 익, 金 쇠 금) 이익으로 들어오는 돈.

* **수수료**(手 손 수, 數 셀 수, 料 헤아릴 료) 어떤 일을 돌보아 준 대가로 주는 돈.

* **주주**(株 그루 주, 主 주인 주) 주식을 갖고 있는 사람.

* **애플리케이션**(application) 주로 스마트폰에서 사용하도록 만들어진 프로그램. '앱'이라고 줄여서 부름.

내용요약

글의 중심 내용을 생각하며 빈칸의 낱말을 써 보세요.

ㅈ ㅅ 은 주주들이 투자한 금액을 증명해 주는 서류이고, ㅈ ㅈ 는 주식을 산 사람들이다. 주주들은 투자한 회사에 이익이 생기면 돈을 벌고, 그 회사가 이익을 못 내면 돈을 잃기 때문에 그 회사에 대해 잘 알아보고 신중하게 투자해야 한다.

1
내용
이해

이 글을 통해 알 수 <u>없는</u> 내용은 무엇인가요? (   )

① 주주의 뜻

② 주식의 뜻

③ 주식 거래 방법

④ 주식 시장의 크기

⑤ 주식 투자할 때 유의점

2
추론
하기

다음은 회사들의 주식값의 변화를 나타낸 표예요. 이 글을 바탕으로 다음 표를 분석한 것으로 알맞지 <u>않은</u> 것을 찾아 번호를 쓰세요.

회사명	2020년 1월 1일 주식값	2023년 1월 1일 주식값
우리건설	120,000원	60,000원
대한은행	100,000원	300,000원
하나교육	40,000원	40,000원
기쁨여행	40,000원	55,000원

(1) 2020년에 기쁨여행 주식을 사서 2023년에 팔았다면 이익을 얻었을 것이다.

(2) 2020년에 우리건설 주식을 사서 2023년에 팔았다면 손해를 보았을 것이다.

(3) 2020년에 하나교육 주식을 사서 2023년에 팔았다면 이익을 보았을 것이다.

(   )

3
적용
하기

이 글에서 설명한 내용에 알맞게 투자한 친구의 이름을 쓰세요.

내가 좋아하는 아이돌 가수가 광고하는 음료 회사라서 1년 동안 모은 용돈으로 주식을 샀어.

나는 앞으로 환경 문제가 중요해질 거라고 생각해서 친환경 가방을 만드는 유망한 회사에 투자했어.

아빠가 어느 장난감 회사에 투자해서 큰 이익을 얻으셨어. 그래서 나도 무조건 아빠를 믿고 그 회사 주식을 샀어.

민아   동희   은호

(   )

자란다 문해력

주제 정리 1 생각주제와 관련된 앞의 두 글을 읽고 내용을 정리해 보세요.

```
                    주식과 주식회사
      ┌──────────────┼──────────────┐
```

주식회사	주식과 주주	주식 투자
• 1600년대에 유럽의 상인들이 배를 타고 나가는 무역 사업을 하는 데 필요한 ㅈㄱ 을 여러 명이 나눠서 내는 것에서 시작됨. • 주식을 발행해서 여러 사람에게 자본을 투자받아 운영됨.	• ㅈㅅ 은 주식회사 투자자들이 투자한 금액을 공식적으로 증명해 주는 서류임. • ㅈㅈ 는 주식을 갖고 있는 사람임.	• 주주는 투자한 회사에 이익이 생기면 돈을 벌고, 손해가 생기면 돈을 잃음. • 주식은 증권 회사나 애플리케이션을 통해 사고팔 수 있음. • 주식 투자를 할 때는 경제 흐름이나 회사 정보를 알아보고 신중히 해야 함.

2 다음 두 사람이 설명하는 '이것'은 무엇인지 네 글자로 쓰세요.

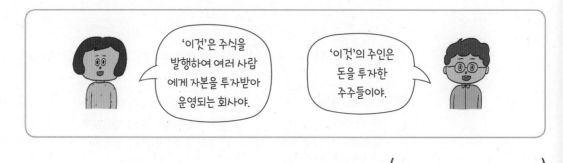

'이것'은 주식을 발행하여 여러 사람에게 자본을 투자받아 운영되는 회사야.

'이것'의 주인은 돈을 투자한 주주들이야.

(   )

3 어린이들이 주식 투자를 하는 것에 대해 자신의 생각을 써 보세요.

나는 어린이들이 주식 투자를 하는 것에 대해 ✎

| 주제 어휘 | 주식 | 투자 | 손해 | 이익 | 주주 |

4 다음 주제 어휘와 뜻을 알맞게 연결하세요.

(1) 투자 •

(2) 이익 •

(3) 손해 •

(4) 주주 •

• ㉠ 주식을 갖고 있는 사람.

• ㉡ 물질적으로나 정신적으로 보탬이 되는 것.

• ㉢ 물질적으로나 정신적으로 잃거나 해를 입는 것.

• ㉣ 더 많은 이익을 얻기 위해 자본을 대거나 시간과 정성을 쏟는 것.

5 다음 빈칸에 들어갈 알맞은 낱말을 주제 어휘에서 찾아 쓰세요.

(1) 그 가게는 물건이 많이 팔리지 않아서 (　　　　)가 컸다.

(2) 그는 ○○기업 (　　　　)에 투자하였다가 많은 돈을 잃었다.

(3) 주식으로 돈을 벌려면 미래가 밝은 기업에 (　　　　)해야 한다.

(4) 할아버지는 S전자의 주식 10주를 사고 평생 처음으로 (　　　　)가 되셨다.

6 다음 밑줄 친 말과 뜻이 반대인 낱말을 주제 어휘에서 찾아 쓰세요.

　돈을 늘리는 방법에는 크게 저축과 투자가 있다. 저축은 미래를 위해 현재 돈을 쓰지 않고 절약하여 모아 두는 것이다. 주로 은행에 모아 두어 이자를 받아 돈을 늘린다. 투자는 은행에서 받는 이자보다 더 많은 이익을 얻기 위해 주식 등을 사서 돈을 늘리는 방법이다. 저축은 돈을 잃을 위험이 적고 안전하지만 돈을 많이 불릴 수 없고, 투자는 은행 이자보다 돈을 더 많이 불릴 수 있지만 돈을 잃을 위험이 있다.

(　　　　　　)

꼭 비누로 손을 씻어야 하나요?

과학관으로
온 엉뚱한
질문들
이정모
정은문고

어휘사전

* **세균**(細 가늘 세, 菌 버섯 균) 하나의 세포로 이루어진 크기가 작은 미생물.

* **온상**(溫 따뜻할 온, 床 평상 상) 어떤 현상이나 사상, 세력 등이 자라나는 바탕.

* **바이러스**(virus) 동물, 식물 등의 살아 있는 생물의 세포에 기생해 살아가는 것.

* **병원균**(病 병 병, 原 근원 원, 菌 버섯 균) 병의 원인이 되는 균.

* **침투**(浸 잠길 침, 透 꿰뚫을 투) 세균이나 병균 등이 몸속에 들어옴.

* **점막**(粘 붙을 점, 膜 꺼풀 막) 신체 기관들의 내벽을 덮고 있는 막.

우리는 왜 손을 자주 씻어야 할까요? 얼굴이나 발을 열심히 씻으라는 말은 하지 않으면서 손 씻기는 정말로 많이 강조하잖아요. 도대체 손에 뭐가 있어서 그럴까요?

손은 대표적인 **세균***의 **온상***입니다. 코로나19 같은 **바이러스***가 아니더라도

▲ 비누로 손 씻기

손에는 온갖 **병원균***이 덕지덕지 붙어 있어요. 보통 사람은 한쪽 손에만 평균 6만 마리의 세균이 붙어 있습니다. 날아와서 붙는 세균도 있지만 대부분은 손을 대서 손에 묻은 것입니다. 우리는 늘 움직이면서 뭔가를 만지잖아요. 문고리를 만지고, 수저를 만지고, 컵을 만지고, 종이를 만지고, 안경을 만지고, 얼굴을 만지고, 키보드를 두드립니다. 끊임없이 세균이 손으로 옮겨 올 수밖에 없죠.

세균은 환경만 좋으면 20분에 2배로 늘어납니다. 손바닥은 그리 나쁜 환경이 아니에요. 적절한 온도와 습기가 있거든요. 제가 세균이라면 사람 정도면 매우 만족하며 살 것 같습니다. 그러니 어떻게 하시겠습니까? 씻어야 하지 않겠습니까?

우리가 어떤 물건을 손으로 만지기만 하고 그 손을 절대로 얼굴에 대지 않는다고 하면 손을 안 씻어도 될지 몰라요. 그런데요, 우리는 하루에도 무수히 손으로 얼굴을 만집니다. 우리는 하루에 얼굴을 몇 번이나 만질까요? 한 시간에 스물세 번 정도 만진다고 합니다. 대략 2분마다 한 번씩 만지는 셈입니다. 주로 눈, 코, 입을 만집니다. 세균과 바이러스가 **침투***하기 좋은 **점막***이 있는 곳이죠.

손 씻기는 중요합니다. 이제 이걸 모르는 사람은 없어요. 그런데 그냥 물에 씻는 게 아니라 꼭 비누로 씻어야 합니다. 왜냐하면 비누가 세균의 세포막을 녹이고, 바이러스의 표면 단백질이 붙은 지방질 성분을 녹이기 때문입니다. 비누로 씻으면 바이러스가 부서져서 하수구로 들어가는 겁니다.

1 다음 빈칸에 알맞은 낱말을 넣어 이 글의 중심 내용을 정리하세요.

중심
내용

| | 로 손을 씻어야 하는 까닭 |

2 세균이 몸 안으로 들어가는 과정에 맞게 ㉮와 ㉯에 들어갈 알맞은 낱말을 이 글에서 찾아 쓰세요.

내용
이해

문고리, 수저, 종이, 안경 등 여러 물건을 만짐. ➡ 세균이 ㉮ 으로 옮겨 감. ➡ 손으로 ㉯ 을 만짐. ➡ 눈, 코, 입 등의 점막으로 세균과 바이러스가 침투함.

㉮: (   ), ㉯: (   )

3 비누로 손을 씻는 것이 중요한 까닭은 무엇인가요?   (   )

내용
이해

① 비누는 향기가 좋기 때문이다.

② 손에서 비누로 세균이 옮아가기 때문이다.

③ 우리가 하루에도 수없이 많이 손을 닦기 때문이다.

④ 물에는 세균과 바이러스가 많이 들어 있기 때문이다.

⑤ 비누가 세균의 세포막을 녹여 손에서 떨어져 나가게 하기 때문이다.

질병을 일으키는 세균과 바이러스

세상에는 눈에 보이지 않지만 우리와 함께 사는 작은 생물들이 많다. 그중 대표적인 것이 세균과 바이러스이다. 이들은 우리 몸에 들어와 병을 일으키는 **병원체***이다. 둘은 병원체라는 공통점을 갖고 있지만 다른 점이 더 많다.

세균은 보통 0.2~10**마이크로미터*** 크기의 작은 **미생물***이어서 눈으로는 볼 수 없고, 광학 현미경으로 볼 수 있다. 핵산, 단백질, 세포막, 세포벽 등으로 이루어진 단세포 생물로, 동물이나 식물보다 구조가 단순하다. 사람

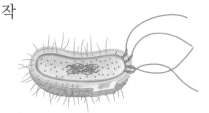

▲ 세균

몸, 흙, 공기, 물 등 어디서나 혼자 살 수 있으며, 살기에 적당한 조건이 되면 짧은 시간에 번식하는 특징이 있다. 세균은 대장균처럼 사람에게 해가 되는 것도 있고, 유산균처럼 사람에게 도움이 되는 것도 있다. 유산균은 창자 속에 살면서 해로운 세균을 물리치는 유익한 것이다. 김치나 요구르트 등의 발효 식품에 들어 있다. 세균으로 인한 질병으로는 결핵, 파상풍, 콜레라 등이 있다.

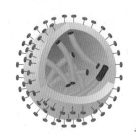

▲ 바이러스

바이러스는 세균 크기의 100분의 1~1,000분의 1 정도로 매우 작아 광학 현미경보다 확대가 많이 되는 전자 현미경으로 볼 수 있다. 유전 정보가 담긴 핵산과 단백질 그리고 외피로 이루어져 있다. 바이러스는 혼자 살 수 없고, 반드시 사람이나 동식물 같은 다른 생물에 빌붙어야만 살 수 있다. 이렇게 바이러스가 빌붙는 것을 '**기생***' 이라고 한다. 바이러스는 다른 생물에 기생하면 자신과 똑같은 바이러스를 계속 만들어 낼 수 있어서 여러 경로로 감염된다. 바이러스는 대부분 인간에게 해로우며 감기, 독감, 홍역, 코로나19 등의 원인이 된다.

세균이나 바이러스는 우리 주변 어디에나 있다. 그래서 평소에 우리 몸으로 들어오지 못하도록 예방하는 것이 중요하다. ㉠최고의 예방법은 '손 씻기'이다.

어휘사전

* **병원체** 병의 원인이 되는 생물.

* **마이크로미터**(μm) 100만 분의 1 미터.

* **미생물**(微 작을 미, 生 날 생, 物 물건 물) 눈으로는 볼 수 없는 아주 작은 생물.

* **기생**(寄 부칠 기, 生 날 생) 한 생물이 다른 생물에 붙어서 양분을 얻어 살아감.

내용요약

글의 중심 내용을 생각하며 빈칸의 낱말을 써 보세요.

세균과 바이러스는 ㅂ 을 일으키는 병원체이고, 눈으로 볼 수 없다는 공통점이 있다. 하지만 크기도, 구조도, 생존 방식도 다르다. 이들은 여러 경로로 감염되지만, ㅅ ㅆ ㄱ 를 통해 예방할 수 있다.

1 이 글에서 가장 중심이 되는 말을 두 가지 고르세요. (   )

내용
이해

① 세균   ② 질병

③ 미생물   ④ 유산균

⑤ 바이러스

2 이 글을 바탕으로 다음 표의 ㉮와 ㉯에 들어갈 알맞은 낱말을 쓰세요.

내용
이해

	세균	바이러스
크기	0.2~10마이크로미터 크기로, 광학 현미경으로 볼 수 있음.	세균의 100분의 1~1000분의 1 크기로, 전자 현미경으로 볼 수 있음.
구조	핵산, 단백질, 세포막, 세포벽 등으로 이루어져 있음.	핵산과 ___㉮___ 과 외피로 이루어져 있음.
생존 방식	스스로 생존이 가능함.	다른 생물에 ___㉯___ 해야 생존이 가능함.

㉮: (   ), ㉯: (   )

3 ㉠을 뒷받침해 줄 자료로 가장 알맞은 것을 골라 기호를 쓰세요.

비판
하기

> ㉮ 세계 손 씻기의 날을 맞이하여 질병관리청에서 조사한 자료를 보면 올바른 손 씻기를 한다고 응답한 비율이 87.3퍼센트로 나왔다.
>
> ㉯ 식품 의약품 안전처의 '2018년~2022년' 월별 대장균 식중독 발생 자료를 확인해 보니 기온이 높은 6~8월에 가장 많이 발생하는 것으로 나타났다.
>
> ㉰ 식품 의약품 안전처에서 손 씻기를 실험하였는데, 비누로 손을 씻으면 99퍼센트, 손 소독제로 씻으면 98퍼센트의 세균이 없어졌다는 결과가 나왔다.

(   )

자란다 문해력

주제 정리

1 생각주제와 관련된 앞의 두 글을 읽고 내용을 정리해 보세요.

- 0.2~10마이크로미터 크기임.
- 핵산, 단백질, 세포막, 세포벽으로 이루어져 있음.
- 스스로 생존이 가능함.

ㅂ ㅇ ㄹ ㅅ

공통점

- 질병을 유발할 수 있는

ㅂ ㅇ ㅊ

- 눈으로 볼 수 없음.

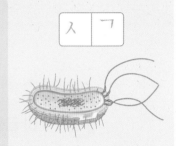

ㅅ ㄱ

- 세균의 100분의 1~1,000분의 1 크기임.
- 핵산, 단백질, 외피로 이루어져 있음.
- 인간, 동물, 식물 같은 다른 생물에 기생해야 살아갈 수 있음.

2 세균과 바이러스에 대한 설명으로 알맞은 것을 두 가지 골라 ○표 하세요.

(1) 바이러스는 눈으로 볼 수 없지만, 세균은 눈으로 볼 수 있다.

(2) 바이러스가 일으키는 감염병은 결핵, 파상풍, 콜레라 등이 있다.

(3) 바이러스는 다른 생물에 기생해야 살 수 있고, 번식할 수 있다.

(4) 세균은 살기에 적당한 조건이 되면 짧은 시간에 많이 늘어난다.

3 손 씻기가 중요한 까닭은 무엇인지 자신의 생각을 써 보세요.

손 씻기가 중요한 까닭은 ✎

| 주제
어휘 | 세균 | 온상 | 바이러스 | 침투 | 기생 |

4 다음 뜻에 알맞은 **주제 어휘**에 ◯표 하세요.

(1) 세균이나 병균 등이 몸속에 들어옴.

| 침투 | 침략 |

(2) 하나의 세포로 이루어진 크기가 작은 미생물.

| 세균 | 곰팡이 |

(3) 어떤 현상이나 사상, 세력 등이 자라나는 바탕.

| 온상 | 온전 |

(4) 한 생물이 다른 생물에 붙어서 양분을 얻어 살아감.

| 공생 | 기생 |

5 다음 빈칸에 들어갈 알맞은 낱말을 주제 어휘에서 찾아 쓰세요.

(1) 면역력이 강하면 세균이 잘 (   )하지 않는다.

(2) 김치에 들어 있는 유산균은 우리 몸에 좋은 (   )이다.

(3) 코로나19 (   )는 시간이 지나면서 다양한 변이가 생겼다.

(4) 오리를 논에 풀어 놓으면 벼에 (   )하는 해충을 잡아먹는다.

6 다음 대화의 밑줄 친 말과 뜻이 비슷한 낱말을 주제 어휘에서 찾아 쓰세요.

표고버섯은 나무라는 생물에 기대어 살아. 나무의 영양분을 얻어서 살아가는 거지.

아, 그래서 표고버섯을 키울 때 나무에 버섯 균을 넣는 거구나.

(   )해

수를 나타내는 십진법

우리는 0에서 9까지 10개의 숫자를 사용하여 모든 수를 나타낼 수 있다. 10개의 숫자로 990, 1000, 1001 등 어떤 큰 숫자도 표현할 수 있다. 이 규칙은 10개의 숫자를 이용한다고 하여 '십진법'이라고 부른다. 이때 수의 자리가 하나씩 올라갈 때마다 **자릿값***이 10배씩 커진다. 1이 10개가 되면 10이 되고, 10이 10개가 되면 100이 되는 식이다. 숫자는 쓴 위치 즉, 자릿수에 따라 다른 값을 갖는다. 777에서 맨 앞의 7은 100의 자리이므로 700이고, 맨 끝의 7은 1의 자리이므로 7이 된다.

▲ 십진법

그렇다면 우리는 왜 십진법을 많이 쓰게 된 것일까? 그건 사람의 손가락이 10개이기 때문이다. 사람들은 손을 꼽으며 수를 셌다. 그리고 수가 10을 넘으면 하나로 묶고, 그렇게 10개씩 묶어서 세니 100까지 세는 것도 쉬워졌다. 그래서 사람들이 편하고 자연스럽게 십진법을 쓰게 된 것이다.

십진법 말고 또 편리하게 쓰이는 **규칙***은 없을까? 약 2,000년 전쯤 로마 사람들은 돈의 양, 길이, 넓이, 부피, 무게 등을 잴 때 십이진법을 사용했다고 한다. 십이진법은 0부터 11까지 12개의 숫자를 사용하여 수를 나타내는 것으로, 십진법에 비해 나누기를 하기 쉽다. 10은 1, 2, 5, 10 이 4개 숫자로 나눌 때만 딱 떨어지는데, 12는 딱 떨어지게 나눌 수 있는 수가 1, 2, 3, 4, 6, 12로 6개나 있어서 계산하기 더 편리하다. 십이진법의 흔적은 우리 생활 곳곳에 남아 있다. 대표적인 예로는 1년이 열두 달인 것과 연필 한 묶음이 12자루인 것 등이다.

또 이진법도 종종 쓰인다. 이진법은 0과 1만으로 모든 수를 표현하는 규칙이다. 수의 자리가 하나씩 올라감에 따라 자릿값이 2배씩 커진다. 이진법은 수를 나타내는 방법이 간단하여 컴퓨터 언어로 사용된다.

어휘사전
* **자릿값** 숫자가 위치하고 있는 자리에 따라 정해지는 값.
* **규칙** 여러 사람이 다 같이 지키기로 정한 법칙.

1

내용
이해

십진법에 대한 설명으로 알맞은 것 두 가지를 고르세요. (   )

① 자리가 하나씩 올라갈 때마다 자릿값이 열 배씩 커진다.

② 0부터 10까지의 숫자를 사용하여 수를 나타내는 것이다.

③ 로마 사람들이 길이, 넓이, 부피, 무게 등을 잴 때 사용하였다.

④ 십진법은 1, 2, 3, 4, 5, 10으로 나눌 때 딱 떨어지게 나눌 수 있다.

⑤ 사람 손가락이 열 개이기 때문에 자연스럽게 십진법을 많이 썼다.

2

추론
하기

십이진법의 장점으로 알맞은 것을 골라 번호를 쓰세요.

(1) 수를 나타내는 방법이 간단하다.

(2) 십진법에 비해 나누기를 하기 쉽다.

(3) 사람들이 편하고 자연스럽게 사용할 수 있다.

(   )

3

적용
하기

이진법이 사용된 예 두 가지를 골라 기호를 쓰세요.

㉮ 하루는 24시간이다.

㉯ 1분은 60초, 1시간은 60분이다.

㉰ 모스 부호는 점(.)과 선(-) 두 개로 다양한 문자를 표현한다.

㉱ 바코드는 다양한 두께의 흰색 막대와 검은색 막대 두 개로 정보를 표시한다.

(   )

컴퓨터 언어, 이진법

컴퓨터는 0과 1로만 수를 표기하는 이진법을 사용한다. 이것으로 문자, 숫자, 이미지, 동영상 등 다양한 정보를 저장하고 처리할 수 있다.

이진법은 오래전부터 있었지만, 이를 컴퓨터 언어로 발전시킨 사람은 조지 불과 클로드 섀넌이라는 과학자이다. 먼저, 조지 불은 인간의 생각을 수학적으로 표현할 수 있다고 생각하였다. 예를 들어, '하늘은 파란색이다.'라는 문장이 있다고 하자. '하늘은 파란색이다.'라는 문장이 맞는다면 1, 틀린다면 0으로 나타내어 수학적으로 표현할 수 있다는 것이다.

▲ 컴퓨터가 이진법으로 이미지를 나타내는 방법

클로드 섀넌은 조지 불의 이론을 전깃불을 켰다 껐다 하는 것에 적용했다. **스위치***가 꺼지면서 전기가 끊어지면 0, 스위치가 켜지면서 전기가 연결되면 1로 나타낸 것이다. 이 두 사람의 이론이 컴퓨터 언어의 기반이 되어, **입력***하는 모든 글자와 숫자, 그림 등이 0과 1로 바뀌어서 컴퓨터에 저장된다.

그렇다면 컴퓨터는 왜 이진법을 사용할까? 그 이유는 열 개의 숫자를 인식하여 정보를 처리하는 것보다 0과 1이라는 두 개의 숫자를 인식하여 정보를 처리하는 것이 더 빠르고 편리하기 때문이다. 그래서 컴퓨터는 '신호 없음'은 0, '신호 있음'은 1, 이렇게 딱 두 가지로 **명령***을 내린다.

컴퓨터는 0과 1만으로 어떻게 정보를 저장하는 것일까? 숫자와 문자는 0과 1을 조합해서 표현한다. 2는 이진법으로 10, 10은 1010으로 나타낸다. 그리고 A는 1000001로, B는 1000010으로 나타낸다. 컴퓨터는 이미지도 0과 1로 표현하고 저장한다. 컴퓨터에 나타나는 이미지는 아주 작은 점으로 이루어져 있는데, 이 점 하나하나를 **픽셀***이라고 한다. 위의 그림처럼 하트를 그릴 때 픽셀에 빨간색은 1, 흰색은 0으로 정해 둔다. 그리고 1을 입력하면 빨간색이 칠해져 하트 모양이 나타나는 것이다.

어휘사전

* **스위치**(switch) 전기 회로를 이었다 끊었다 하는 장치.

* **입력**(入 들 입, 力 힘 력) 문자나 숫자를 컴퓨터가 기억하게 하는 일.

* **명령**(命 목숨 명, 令 명령할 령) 컴퓨터가 작동하고 일을 처리할 수 있도록 지시함.

* **픽셀**(pixel) 디지털 이미지를 구성하는 가장 작은 단위인 점.

내용요약

글의 중심 내용을 생각하며 빈칸의 낱말을 써 보세요.

컴퓨터는 0과 1이라는 두 개의 숫자로 나타내는 [ㅇ] [ㅈ] [ㅂ] 으로 문자, 숫자, 이미지, 동영상 등 다양한 것을 저장하고 처리한다.

1 이 글의 중심 내용으로 알맞은 것은 무엇인가요? (   )

중심
내용

① 이진법의 문제점

② 스위치의 종류와 특징

③ 컴퓨터 언어인 이진법

④ 십진법을 만든 사람들

⑤ 컴퓨터의 이미지 저장법

2 컴퓨터가 이진법을 사용하는 까닭으로 알맞은 것을 찾아 기호를 쓰세요.

내용
이해

> ㉮ 두 개의 신호로 처리하면 전기가 많이 안 들기 때문이다.
>
> ㉯ 컴퓨터가 인식할 수 있는 이미지가 0과 1뿐이기 때문이다.
>
> ㉰ 두 개의 신호로 처리하는 것이 더 빠르고 편리하기 때문이다.

(   )

3 이 글의 내용을 바탕으로 ㉮와 ㉯ 중 불이 켜진 상태의 스위치를 골라 기호를 쓰세요.

추론
하기

(   )

주제 정리

1 생각주제와 관련된 앞의 두 글을 읽고 내용을 정리해 보세요.

수를 표시하는 규칙

몇 개의 기본 숫자를 이용하여 수를 표시하며 자릿값이 올라감에 따라 수가 일정하게 커짐.

○ ㅈ ㅂ	ㅅ ㅈ ㅂ	십이진법
• 0과 1 두 개의 숫자로 수를 표기. 수 자리가 하나씩 올라가면 자릿값이 2배씩 커짐. • 컴퓨터 언어로 쓰임.	• 0~9까지 10개의 숫자로 수를 표기. 수 자리가 하나씩 올라가면 자릿값이 10배씩 커짐. • 가장 널리 쓰임.	• 0~12까지 12개의 숫자로 수를 표기. 옛날 로마에서 많이 사용했던 진법임. • 일 년이 열두 달인 이유

2 다음 글은 어떤 규칙을 의미하는지 알맞은 것에 ○표 하세요.

우리가 쓰는 전원 스위치에는 'O'와 'I' 표시가 있다. 이는 숫자 '1'과 '0'을 의미한다. 1일 때는 전기 스위치를 켠다는 것을, 0일 때는 전기 스위치를 끈다는 것을 의미한다. 그리고 물건 정보를 등록해 놓는 바코드의 흰색 막대는 0, 검은 막대는 1을 나타내며 흰색과 검은색의 막대 굵기로 다양한 정보를 표현한다.

▲ 스위치

8 480000 330451
▲ 바코드

(1) 이진법 (   ) (2) 십진법 (   ) (3) 십이진법 (   )

3 컴퓨터가 이진법을 쓰는 까닭은 무엇인지 자신의 생각을 써 보세요.

컴퓨터가 이진법을 쓰는 까닭은 ✎

주제어휘	자릿값	규칙	스위치	입력	명령	픽셀

4 다음 주제 어휘와 뜻을 알맞게 연결하세요.

(1) 입력 •   • ㉠ 전기 회로를 이었다 끊었다 하는 장치.

(2) 픽셀 •   • ㉡ 문자나 숫자를 컴퓨터가 기억하게 하는 일.

(3) 자릿값 •   • ㉢ 숫자가 위치하고 있는 자리에 따라 정해지는 값.

(4) 스위치 •   • ㉣ 디지털 이미지를 구성하는 가장 작은 단위인 점.

5 다음 빈칸에 들어갈 알맞은 낱말을 주제 어휘에서 찾아 쓰세요.

(1) 우리 집 현관문은 비밀번호를 (   )해야 열린다.

(2) 컴퓨터를 쓰지 않을 때는 전원 (   )를 꺼야 한다.

(3) 야구 경기를 볼 때 (   )을 알면 경기가 훨씬 재미있다.

(4) 컴퓨터는 (   )을 내리면 순서대로 하나씩 빠르게 수행한다.

6 다음 밑줄 친 말과 뜻이 비슷한 낱말을 주제 어휘에서 찾아 쓰세요.

로봇이란 인간이 <u>어떤 동작이나 작업을 하도록 시키는 것</u>에 따라 일을 할 수 있게 한 기계 또는 어떠한 작업을 자동으로 하는 장치를 말한다.

(   )

해피 급식 데이

어휘사전

* **원산지**(原 근원 원, 産 낳을 산, 地 땅 지) 재료나 물건이 처음으로 만들어진 곳.

* **유기농**(有 있을 유, 機 틀 기, 農 농사 농) 농약이나 화학 비료를 쓰지 않고 농사를 짓는 것.

* **수입산**(輸 나를 수, 入 들 입, 産 낳을 산) 다른 나라에서 만들어 국내로 들여옴. 또는 그 물건.

* **패티**(patty) 다진 고기나 생선 등을 동글납작하게 빚어서 구워 낸 것으로, 보통 햄버거 빵 사이에 넣어 먹음.

* **패스트푸드**(fast food) 햄버거, 프라이드치킨 등 주문하면 즉시 만들어져 나오는 식품.

매주 수요일은 '해피 급식 데이'라서 학교 급식으로 맛있는 음식이 나온다. 나는 급식실 벽에 붙은 식단을 살펴보았다. 오늘 메뉴는 햄버거이다. 식단을 보니 **원산지***가 쓰여 있었다. ㉠소고기는 '호주 청정우'를 사용했다고 적혀 있었다. '청정우'가 뭔지 궁금해서 영양사 선생님께 여쭤보니 친절하게 답해 주셨다.

"청정우는 '깨끗한 자연에서 키운 소'라는 뜻이에요. 세계에서 손꼽히는 청정 지역인 호주에서 생산된 소고기로 만든 햄버거니까 맛있게 먹어요."

맨날 **유기농*** 식품을 먹어야 한다고 외치는 부모님도 좋아하시겠다는 생각이 들었다. 햄버거는 정말 맛이 좋았다. 오늘은 진짜로 '해피'한 날이었다. 나는 집으로 가서 오늘 급식에 대해 이야기했다.

"아빠, 오늘 학교에서 햄버거 먹었어요."

"햄버거는 몸에 안 좋은데……."

"호주 청정우 버거였어요."

아빠는 그래도 햄버거는 되도록 먹지 말라고 하셨다. 일반 햄버거 매장에서는 값싼 **수입산*** 재료를 많이 사용한다는 게 이유였다. 나는 햄버거 재료들이 어디에서 오는지 인터넷에서 찾아보기로 했다.

㉡햄버거 재료는 빵, **패티***, 토마토, 양상추, 양파, 케첩 등이다. 빵을 만들려면 밀가루, 설탕, 소금, 버터 등이 필요하고, 패티를 만들려면 소고기, 소금, 후추 등이 필요하다. 그리고 케첩을 만들려면 토마토, 양파, 월계수 잎, 식초, 설탕 등이 있어야 한다. 밀가루는 미국과 호주에서, 소고기는 ㉢ 에서 가장 많이 수입하고 있었다. 설탕은 주로 태국에서 가져오고, 버터는 뉴질랜드, 프랑스 등에서 들여오고, 소금은 국산도 쓰지만 값싼 중국산도 많이 쓰는 것 같았다. 토마토, 양상추, 양파와 같은 채소는 대부분 국산이지만, 후추는 베트남, 인도네시아 등에서 100% 수입하는 것이다.

엄마는 햄버거와 같은 **패스트푸드***에는 수입 농산물이나 유전자 변형 식품이 많이 들어간다고 하셨다. 앞으로는 음식을 먹을 때 재료가 어디에서 왔는지 꼼꼼히 따져 보아야겠다.

1

중심 내용

이 글에서 말하고자 하는 바는 무엇인가요? (   )

① 햄버거를 절대 먹지 말아야 한다.

② 유전자 변형 식품은 무조건 위험하다.

③ 급식에 나오는 음식을 골고루 먹어야 한다.

④ 농약을 치지 않은 유기농 농산물만 먹어야 한다.

⑤ 먹거리 재료가 어디에서 왔고, 어떤 위험성이 있는지 알아야 한다.

2

추론 하기

㉠을 통해 알 수 있는 '나'의 성격으로 알맞은 것은 무엇인가요? (   )

① 겁이 많다.   ② 걱정이 많다.

③ 짜증이 많다.   ④ 장난기가 많다.

⑤ 호기심이 많다.

3

글의 구조

㉡의 설명 방법으로 알맞은 것은 무엇인가요? (   )

① 뜻을 자세히 설명하고 있다.

② 대상을 비슷한 사물에 빗대어 설명하고 있다.

③ 대상을 구성 요소들로 나누어 설명하고 있다.

④ 두 대상의 공통점과 차이점을 각각 설명하고 있다.

⑤ 대상의 모습을 있는 그대로 생생하게 그려 내고 있다.

4

적용 하기

다음 **보기**의 조사 결과를 참고하여 ㉢에 들어갈 알맞은 국가 이름을 쓰세요.

┤ 보기 ├

품목별 수입 국가 현황(출처: 농림 축산 식품부, 2020년)

　조사 결과 우리나라는 소고기, 돼지고기, 대두 등의 품목을 미국에서 가장 많이 수입하는 것으로 나타났다.

(   )

우리가 먹는 음식

1 우리는 태어나서 죽을 때까지 음식을 먹는다. 사람은 스스로 에너지를 만들지 못하기 때문에 음식에서 에너지를 얻어야 한다. 좋은 음식은 우리 몸을 성장시키고 건강하게 해 주지만, 나쁜 음식은 우리 몸을 망가뜨린다. 오늘날 우리가 먹는 음식은 좋은 음식일까? 지금 이대로 먹어도 괜찮을까?

2 먼저 우리가 먹는 음식이 어떻게 생산되는지 살펴보자. 원래 농업은 자신이 생산한 것을 자신이 소비하거나 가까운 지역에 내다 파는 형태였다. 그런데 농업으로 돈을 벌 수 있게 되면서 적은 비용으로 많은 양을 생산하는 산업형 농업으로 바뀌었다. 산업형 농업은 많은 **작물***을 수확해야 하기 때문에 비료와 **농약***을 많이 주고, 필요하면 유전자 변형도 한다. 작물에 남은 농약은 몸에 흡수되어 건강을 해치고, **유전자 변형 식품***은 우리 몸에 어떤 영향을 줄지 알 수 없어 위험하다.

3 다음으로 우리가 먹는 음식이 어디에서 오는지 살펴보자. 최근 **먹거리*** 중에 우리나라에서 직접 생산하는 식량 비율은 20퍼센트 정도밖에 안 된다. 냉장고를 열면 호주에서 온 소고기, 브라질에서 온 닭, 노르웨이에서 온 고등어, 칠레에서 온 포도 등 외국에서 온 먹을거리가 가득할 것이다. 이것들은 먼 거리를 오는 동안 상하지 않게 하려고 약품 처리를 하기 때문에 인체에 해롭다.

4 마지막으로 음식이 어떻게 조리되는지 살펴보자. 우리가 흔히 먹는 음식 중에 치킨, 햄버거, 피자, 라면 등은 패스트푸드나 **가공식품***에 속한다. 이런 식품은 가격이 싸고, 빠르게 준비할 수 있고, 먹기 쉬워서 자주 먹게 된다. 그런데 이런 식품들은 빨리 조리하기 위해 기름에 튀기거나 높은 온도에서 조리하는 것이 많다. 그래서 열량이 높고 영양소가 많이 파괴된다.

어휘사전

* **작물**(作 지을 작, 物 물건 물) 논밭에 심어 가꾸는 곡식이나 채소.

* **농약**(農 농사 농, 藥 약 약) 농작물에 해로운 벌레와 풀을 없애거나 농작물이 잘 자라게 하는 약품.

* **유전자 변형 식품**(GMO) 생산량을 늘리거나 품질을 좋게 하기 위하여 농산물의 유전자를 조작하여 새롭게 만든 농산물이나 식품.

* **먹거리** 살아가려고 먹는 온갖 것.

* **가공식품**(加 더할 가, 工 장인 공, 食 먹을 식, 品 물건 품) 농산물, 축산물, 수산물 등을 인공적으로 처리하여 만든 식품.

내용요약

글의 중심 내용을 생각하며 빈칸의 낱말을 쓰세요.

오늘날 우리가 먹는 음식은 대부분 ㅅ ㅇ ㅎ 농업으로 생산되고, 외국어서 들어오고, 빠르고 간편하게 조리되는 ㅍ ㅅ ㅌ ㅍ ㄷ 나 가공식품이 많다. 그래서 약품 처리 문제, 고열량 문제, 영양소 파괴 문제 등이 나타난다.

1 오늘날 우리가 먹는 음식의 특징으로 알맞은 것 두 가지를 고르세요. (   )

내용 이해

① 천천히 조리해서 먹는다.

② 우리 땅에서 주로 생산한다.

③ 자급자족으로 소량 생산한다.

④ 패스트푸드나 가공식품이 많다.

⑤ 산업형 농업으로 대량 생산한다.

2 다음 중 **보기**의 내용이 들어갈 위치로 가장 알맞은 곳은 어디인가요?

추론 하기

(   )

┤ **보기** ├

　이처럼 오늘날 우리가 먹는 음식에는 여러 가지 문제가 있다. 이런 문제를 해결하기 위해서는 우선 내가 사는 곳과 가까운 곳에서 나는 음식을 먹어야 한다. 이것은 가까운 데서 생산되므로 약품 처리를 덜해서 안전하고, 신선하고 맛도 좋다. 또 자연에서 나고 자란 재료로 집에서 만든 음식을 먹어야 한다. 이런 음식은 건강에 좋고, 느긋하게 먹는 즐거움도 준다.

① **1** 앞　　　　　　② **1** 뒤　　　　　　③ **2** 뒤

④ **3** 뒤　　　　　　⑤ **4** 뒤

3 이 글을 잘 이해하지 <u>못한</u> 친구의 이름을 쓰세요.

비판 하기

준호: 집에서 직접 심고 기른 재료로 만든 음식만 먹으라는 거네.

해나: 식품을 선택할 때 원산지 정보를 꼼꼼히 살필 필요가 있는 것 같아.

태영: 패스트푸드의 위험성을 알았으니까 피자, 치킨, 햄버거 먹는 걸 줄여야겠어.

(   )

 주제 정리 **1** 생각주제와 관련된 앞의 두 글을 읽고 내용을 정리해 보세요.

오늘날 우리가 먹는 음식의 특징

생산 방식	적은 비용으로 많은 양을 생산하는 산업형 농업
생산지	많은 먹거리가 ㅇ ㄱ 에서 들어옴.
조리 방식	기름에 튀기거나 고열에 조리하는 ㅍ ㅅ ㅌ ㅍ ㄷ , 가공 식품이 많음.

- 농약이나 약품 처리로 인해 인체에 해로울 수 있음.
- 조리 방식으로 인해 고열량, 영양소 파괴 등의 문제가 생김.

2 오늘날 우리가 먹는 음식의 문제점으로 알맞은 것을 두 가지 골라 ○표 하세요.

(1) 외국에서 들여오는 수입산 먹거리가 많다.

(2) 우리가 사는 곳과 가까운 곳에서 나는 음식이 많다.

(3) 우리나라에서 난 재료로 천천히 조리한 음식이 많다.

(4) 적은 비용으로 많은 양을 생산하는 산업형 농업 방식으로 생산한다.

3 우리가 먹는 음식의 문제는 무엇인지 자신의 생각을 써 보세요.

우리가 먹는 음식의 문제는 ✎ _____

_____

_____

주제 어휘	원산지	유기농	수입산	패스트푸드	농약

4 다음 뜻에 알맞은 주제 어휘에 ◯표 하세요.

(1) 재료나 물건이 처음으로 만들어진 곳.　　　　　　　원산지 ｜ 출생지

(2) 농약이나 화학 비료를 쓰지 않고 농사를 짓는 것.　　유기농 ｜ 원산지

(3) 다른 나라에서 만들어 국내로 들여옴. 또는 그 물건.　국내산 ｜ 수입산

(4) 해로운 벌레와 풀을 없애고 농작물이 잘 자라게 하는 약품.　농약 ｜ 거름

5 다음 빈칸에 들어갈 알맞은 낱말을 주제 어휘에서 찾아 쓰세요.

(1) 식당에서는 재료의 (　　　　　) 표시를 해야 한다.

(2) 필리핀에서 들여온 (　　　　　) 바나나 가격이 올랐다.

(3) 청소년들은 치킨, 햄버거, 피자 같은 (　　　　　　　　)를 좋아한다.

(4) 외국에서 온 농산물은 (　　　　　)을 많이 사용하므로 꼼꼼하게 잘 씻어서 먹어야 한다.

6 밑줄 친 말과 뜻이 반대인 낱말을 주제 어휘에서 찾아 쓰세요.

　1986년 이탈리아에서 '맛있고 깨끗하며 바른 음식을 먹자.'고 주장하는 슬로푸드(Slow Food) 운동이 시작되었다. 슬로푸드는 생태계를 해치지 않고 건강을 생각한 재료로 정성을 들여 만든 음식이다.

(　　　　　　　　)

📷 사진 출처

국립중앙박물관   www.museum.go.kr
문화재청   www.cha.go.kr
한국방송광고진흥공사   www.kobaco.co.kr
셔터스톡   www.shutterstock.com/ko
연합뉴스   www.yna.co.kr

달곰한 문해력 기획진 소개

진짜 문해력을 키우는 독해 학습이 필요합니다.

문해력은 책을 읽고 문제를 푸는 기술이 아닙니다.
진짜 문해력은 글을 읽고 이해하는 것을 넘어
세상을 읽고 이해하는, '생각하고 표현하는 힘'입니다.
〈달곰한 문해력 독해〉는 문해력을
키우는 독해 학습이 가능합니다.
하나의 주제로 연결된 2개의 글을 읽으면 세상을 읽고
이해하는 지식과 관점의 변화가 나타날 것입니다.
〈달곰한 문해력 독해〉로 아이들에게 좋은 글을
달달 읽을 '기회'와 곰곰 생각하고 표현하는
'경험'을 선물해 주세요.

서울교육대학교 국어교육과 교수
초등 국어 교과서 기획위원
방은수

독서교육을 지도한 교사로서
최신 문학과 다양한 비문학을 교과와
연계하여 수록했습니다.

인제남초등학교 교사
독서교육 전문가
Yes24 한 학기 한 권 읽기 선정위원
최고봉

생각주제와 연결된 2개의 글을
읽으면 생각이 쌓이고 학습 효과가
두 배 이상입니다.

경희사이버대학교 한국어문화학부 교수
경인교육대학교 유아교육과 강사
전국교사교육마술연구회 스텝매직 대표
(전) 초등학교 교사
김택수

문해력을 완성하기 위해서는
자기 생각을 표현하는 단계까지
학습이 이어져야 합니다.

광명서초등학교 교사
참쌤스쿨 대표
경기실천교육 교사모임 회장
(전) 경기도교육청 장학사
김차명

아이들의 생각이 확장되도록
흥미를 가질 만한 생각주제로 구성하여
몰입할 수 있습니다.

서울시교육청 자문관
(독서토론 분야)
(전) 중학교 국어 교사
정미선

달달 읽고 곰곰 생각하는

NE 능률

달달 읽고 곰곰 생각하는

달콤한 문해력

초등 독해

3~4학년 추천

4단계 A

정답 및 해설

달 달 읽고 곰곰 생각하는

달곰한 문해력

초등 독해

정답 및 해설

펜은 왜 펜이라고 부를까?

생각글 1 프린들 주세요

10~11쪽

호기심 많은 닉이라는 소년이 '펜'이라는 말 대신 '프린들'이라는 말을 만들어 썼습니다. 국어 담당 그레인저 선생님은 닉이 오랜 역사를 가진 '펜'이라는 낱말을 무시하고, '프린들'이라는 말을 만들어 쓰는 것을 못마땅해합니다. 결국 두 사람은 '프린들'을 둘러싸고 누가 맞는지 이야기를 하고, 이를 통해 '언어의 사회성'에 대해 생각해 보게 됩니다.

---

1 ⑤   **2** 닉: 낱말, 그레인저 선생님: 역사
3 ㉣   **4** ⑤

---

1 이 글은 닉과 그레인저 선생님이 '프린들'이라는 새로운 말에 대해 논쟁을 벌이는 장면입니다. 따라서 가장 중심이 되는 장면은 두 사람이 '프린들'에 대해 이야기하는 장면입니다.

2 닉은 '프린들'이라는 말은 많은 아이들이 사용해서 어엿한 '낱말'이 되었다고 주장합니다. 그레인저 선생님은 '펜'은 오랜 '역사'를 가지고 쓰여 온 말임을 강조합니다. 따라서 빈칸에 들어갈 말은 '낱말'과 '역사'입니다.

3 제시된 내용은 '펜'이라는 낱말의 유래를 설명하고 있습니다. 따라서 '펜'이라는 말이 오랜 역사를 가지고 있다는 것을 설명하는 ㉣ 뒤에 오는 것이 가장 알맞습니다.

4 그레인저 선생님은 엄연한 역사를 가지고 있는 '펜'이라는 말을 닉이 '프린들'이라는 말로 바꿔 쓰며 벌어진 문제에 대해 닉과 이야기하기 위해 부른 것입니다.

작품읽기

프린들 주세요
글 앤드루 클레먼츠
사계절

책 소개
닉이라는 소년이 '펜'이라는 말 대신 '프린들'이라는 말을 만들어 퍼뜨리면서 소동이 일어납니다. 국어 담당인 그레인저 선생님은 닉을 타일러 보지만, 닉은 멈추지 않습니다. 나중에는 이 말이 전교에 퍼져 닉과 그레인저 선생님이 맞서게 됩니다. 하지만 뜻밖의 반전은 사실은 그레인저 선생님이 '프린들'이라는 말이 퍼져 나가도록 도와주는 조력자였다는 사실입니다.

생각글 2 언어는 사회적 약속

12~13쪽

「프린들 주세요」의 그레인저 선생님은 왜 닉이 펜을 '프린들'이라고 바꿔 부른 것을 문제 삼았을까요? 「책상은 책상이다」의 남자가 사물의 이름을 마음대로 바꿔 부른 것은 왜 문제일까요? 그것은 이들이 '언어의 사회성'을 깼기 때문입니다. 이 글을 읽으며 우리는 사회에서 약속된 언어를 사용해야 다른 사람과 의사소통할 수 있다는 것을 이해하게 됩니다.

내용요약 사회성
1 ②   **2** ②   **3** 지수

---

1 펜을 '펜'이라고 불러야 하는 이유는 펜을 '펜'이라고 부르기로 사람들 사이에 약속이 되어 있기 때문입니다.

2 이 글은 '언어의 사회성'을 「프린들 주세요」와 「책상은 책상이다」 이야기를 예로 들어 구체적으로 설명하고 있습니다. 따라서 이 글의 특징은 '② 예시를 들어 대상을 설명하고 있다.'입니다.

3 '언어의 사회성'은 소리와 의미의 관계가 사회적으로 약속된 후에는 개인이 마음대로 바꿀 수 없다는 언어의 특성입니다. 따라서 '생일 선물'을 할머니께서 알지 못하는 줄임말인 '생선'으로 써서 소통이 이루어지지 않은 경험을 말한 지수가 알맞습니다.

오답풀이

도진: 외국에서 건너온 말이지만 우리말로 굳어져 오랫동안 널리 쓰이고 있는 '외래어'에 대한 예입니다.
보경: 언어는 시간의 흐름에 따라 사라지기도 하고 새로 생기고 변하기도 한다는 '언어의 역사성'에 대한 예입니다.

배경지식

언어의 역사성
언어는 사회적인 약속이기 때문에 한 개인이 바꿀 수 없습니다. 하지만 언어는 시간의 흐름에 따라 어쩔 수 없이 새로 생기기도 하고, 사라지기도 하고, 변하기도 합니다. 이러한 특성을 '언어의 역사성'이라고 합니다. '스마트폰', '와이파이' 같은 말은 예전에는 없던 말인데, 새로 생겨났고, '즈믄(천)', '가람(강)' 같은 말은 옛날에는 있었지만 지금은 사라지고 없습니다. 그리고 '믈'은 '물'이라는 말로 변화했습니다. 이런 예를 통해 '언어의 역사성'을 엿볼 수 있습니다.

익힘 학습 자란다 문해력

14~15쪽

1

언어의 사회성		
언어는 사회적 약속이기 때문에 개인이 마음대로 바꿀 수 없음.	깨진 사례	•「프린들 주세요」의 닉이 자기 마음대로 펜을 '프린들'이라고 바꿔 부른 것 •「책상은 책상이다」의 남자가 사물의 이름을 자기 마음대로 바꿔 부른 것
	지켜야 하는 이유	약속이 깨지면 다른 사람들과의 소통이 어려움.

2 이안
언어는 사람들 사이의 약속이기 때문에 개인이 마음대로 바꿀 수 없다는 특징은 '언어의 사회성'입니다. 그리고 언어는 시간의 흐름에 따라 변하고 발전한다는 특징은 '언어의 역사성'입니다.

3 예시답안 그 언어를 쓰는 사람들끼리 그렇게 부르기로 약속했기 때문이다. 어느 날 갑자기 혼자서만 다른 말로 부른다면 주변 사람들은 알아 듣지 못할 것이다. 그 약속을 지킴으로써 서로 소통이 원활해진다.

채점 Tip
1) '언어의 사회성'을 정확히 이해하고, 이유를 분명하게 썼는지 확인합니다.
2) '펜'을 '펜'이라고 부르는 이유는 사람들이 그렇게 부르기로 약속했기 때문에, 혹은 '펜'을 '펜'이라 부르기로 사회적으로 약속되었기 때문에 등으로 표현할 수 있습니다.
3) 주어진 내용과 문장 호응이 잘 이루어지는지 확인합니다.

4 (1) ㉠ (2) ㉢ (3) ㉣ (4) ㉡

5 (1) 언어 (2) 약속 (3) 사물 (4) 소통

6 (1) 낱말 (2) 사물
(1) 단어는 '뜻을 가지고 홀로 쓰일 수 있는 가장 작은 말의 덩어리.'이므로, 비슷한 말은 '낱말'입니다. 음절은 '발음할 때 한 번에 낼 수 있는 소리 단위.'입니다.
(2) 물건은 '일정한 형체를 갖춘 모든 물질적 대상.'이므로, 비슷한 말은 '사물'입니다. '문물'은 '정치, 경제, 예술 등 문화에 관한 모든 것을 통틀어 이르는 말.'입니다.

생각주제 02 사람들은 왜 기념일을 만들까?

생각글 1 어린 왕자

16~17쪽

여우는 어린 왕자에게 친구를 가지고 싶다면 길들여야 한다면서 자신을 길들여 달라고 부탁합니다. 어린 왕자가 다음 날 여우를 찾아가자, 여우는 매일 똑같은 시간에 와 달라고 합니다. 그래야 자신이 어린 왕자를 맞이할 의식을 치를 수 있다는 것입니다. 여우는 어느 하루를 다른 날과 다르게 만드는 일인 의식을 통해 그날을 특별하게 만들고 싶었던 것입니다.

1 ④ 2 ③ 3 ㉰ 4 ㉰, ㉱

1 조금씩 가까이 다가와 달라고 요청한 것은 어린 왕자가 아니라 여우입니다.

2 여우는 어린 왕자가 매일 똑같은 시간에 자신에게 와 준다면 그 시간이 가까워질수록 어린 왕자를 만날 수 있다는 기쁨에 행복해질 것이며, 그 시간에 맞춰서 마음을 준비할 수 있다고 했습니다.

3 여우는 어린 왕자가 매일 같은 시간에 찾아올 때, 마음을 준비하는 의식을 치를 수 있다고 했습니다. 따라서 여우의 의식은 ㉰입니다.

4 여우가 말한 '의식'이란 어느 하루를 다른 날과 다르게 만드는 일이므로, 동생이 태어난 지 100일이 되는 날과 단짝 친구와 처음 친구가 되기로 한 날이 이에 해당합니다.

오답풀이
㉮ 비가 오는 날 우비를 입고 우산을 쓰는 것은 비를 맞지 않기 위한 행동입니다.
㉯ 시험 보는 날 시험을 망칠까 봐 미역국을 먹지 않는 것은 '재수 없는 일이나 불길한 징조의 사람이나 물건'을 뜻하는 징크스를 피하기 위한 행동에 해당하는 내용입니다.

작품읽기

어린 왕자
글 앙투안 드 생텍쥐페리

책 소개
비행기 고장으로 사막에 불시착한 주인공이 자신의 별에 장미를 두고 우주 여행을 온 어린 왕자와 만나는 내용의 소설입니다. 일곱 번째 별인 지구까지의 여행으로 여러 사람을 만나고, 다시 자신의 별로 돌아간 어린 왕자를 통해 인간이 외로움을 극복하는 과정과 여러 삶의 모습을 상징적으로 표현하고 있습니다.

2 여러 가지 기념일

18~19쪽

어떤 뜻깊은 일이나 시간, 그리고 인물을 잊지 않고 마음에 간직하기 위해 만든 날을 '기념일'이라고 합니다. 생일이나 결혼기념일 같은 개인적인 기념일과, 어버이날, 삼일절과 광복절, 석가 탄신일 같은 사회적인 기념일 등 여러 기념일이 있습니다. 이러한 기념일을 통해 사람들은 힘을 북돋우고 공동체를 더욱 단단하게 만들었습니다.

내용요약 기념일
1 ④   2 ②   3 ㉮ 추석, ㉯ 만우절, ㉰ 생일

1 이 글은 기념일의 정의와 종류, 의미 등을 설명하고 있으므로, 가장 중요한 낱말은 '기념일'입니다.

2 기념일은 문화와 시대에 따라 다르고, 기념하는 방법도 다르다는 내용이 4문단에 나오므로 ②는 기념일에 대한 설명으로 알맞지 않습니다.

3 그해 새로 거두어들인 쌀로 만든 송편, 과일 등을 먹는 것은 '추석'이고, 4월 1일은 '만우절'이며, 돌은 '아이가 태어난 날로부터 한 해가 되는 날'을 뜻하므로 '생일'이 알맞습니다.

오답풀이

설: 우리나라 명절 중 하나로, 정월 초하룻날을 말함. 떡국을 먹고 웃어른께 세배를 드림.
석가탄신일: 석가모니(부처)가 태어난 날을 기념하는 날. 음력 4월 8일임.

배경지식

여러 나라의 어린이날

우리나라는 매년 5월 5일이 어린이날로, 이때는 어린이를 위한 행사가 다채롭게 열립니다. 중국의 어린이날은 6월 1일로, 법정 공휴일이 아니라 어른들은 일을 합니다. 스페인의 어린이날은 4월 15일로 가족과 함께 식사를 합니다. 미국은 공식적인 어린이날을 정하지 않았습니다. 그 이유는 어린이는 특정한 하루가 아니라 365일 소중히 여겨야 하기 때문입니다.

 자란다 문해력

20~21쪽

1

기 념 일 의 뜻
뜻깊은 일이나 시간, 그리고 인물을 잊지 않고 마음에 간직하기 위해 만든 날

기념일의 종류		
개인적인 기념일	개인에게 의미 있고 기억하고 싶은 날	생일, 결혼기념일, 제삿날 등
사회적인 기념일	오랜 관습에 따라 일정하게 지키는 기념일	설, 추석 등
	나라의 중요한 사건이나 희생한 분들을 위한 기념일	삼일절, 제헌절, 광복절 등
	사회 구성원들을 위한 기념일	어버이날, 스승의 날 등
	다른 나라의 기념일	밸런타인데이, 만우절 등

2 (1) ○ (2) ○
기념일을 만드는 까닭은 하루를 특별하게 기억하고 기념할 수 있고, 개인과 사회, 국가의 역사를 되새길 수 있기 때문입니다.

3 **예시답안** 인생의 변화와 성장의 단계에서 서로 힘을 주고 마음가짐을 새롭게 할 수 있기 때문이다. 새해에 떡국을 먹고 세배를 드리면 왠지 한 살 더 먹은 기분이 들고, 올해도 잘 지내야겠다는 결심을 새롭게 하게 된다.

채점 Tip

1) 기념일의 뜻을 정확히 이해하고, 까닭을 분명하게 썼는지 확인합니다.
2) 서로 힘을 북돋우고 공동체를 단단하게 만들어 준다거나 다른 날과 다른 특별한 날을 만들어 준다는 등의 기념일의 의미가 들어가 있는지 확인합니다.
3) 주어진 내용과 문장 호응이 잘 이루어지는지 확인합니다.

4 (1) 길들이다 (2) 풍습 (3) 의식 (4) 기념일

5 (1) 기념일 (2) 길들이다 (3) 제삿날 (4) 의식

6 (1) 풍습 (2) 의식

생각글 1 오즈의 마법사
22~23쪽

허수아비가 오즈에게 지혜를 달라고 하자 오즈는 왕겨 한 그릇에 시침핀, 바늘을 뒤섞어 허수아비의 머리에 넣어 주었습니다. 그리고 양철 나무꾼이 마음을 받으러 찾아오자, 오즈는 양철 나무꾼의 왼쪽 가슴에 구멍을 낸 다음 톱밥을 채워 만든 하트 모양의 실크 주머니를 집어넣었습니다. 허수아비와 양철 나무꾼을 통해 지혜와 마음이 무엇인지 생각해 봅니다.

---

1 ③　　**2** ㉮ 지혜, ㉯ 톱밥을 채워 만든 (예쁜 하트 모양의) 실크 주머니　　**3** 달희　　**4** 가슴

---

1 양철 나무꾼은 오즈가 마음을 주었다고 믿었고, 진짜 마음이 맞는지 물어보지 않았습니다.

2 허수아비는 '지혜'를 원했고, 오즈에게서 왕겨와 시침핀과 바늘을 섞은 것을 받았습니다. 양철 나무꾼은 '마음'을 원했고, 오즈에게서 '톱밥을 채워 만든 하트 모양의 실크 주머니'를 받았습니다.

3 ㉠은 허수아비가 한 말로, 허수아비가 원한 것은 지혜를 갖는 것이기 때문에 '지금보다 더 똑똑해지기만 하면.'이라고 말한 달희가 알맞게 말한 친구입니다.

오답풀이
영인이 한 말은 양철 나무꾼에 해당하는 말입니다.
만돌이 한 말은 지혜를 원한 허수아비에게는 맞지 않는 말입니다.

4 오즈는 마음이 심장과 관련이 있다고 생각하여 심장이 있는 위치인 가슴에 하트 모양의 실크 주머니를 넣어 주었습니다.

작품읽기

오즈의 마법사
글 라이언 프랭크 바움
비룡소

책 소개
회오리바람에 휩쓸려 오즈의 나라로 간 도로시는 집으로 돌아가기 위해 위대한 마법사 오즈를 찾아갑니다. 가는 도중에 지혜를 원하는 허수아비, 마음을 원하는 양철 나무꾼, 용기를 원하는 사자를 만나 함께 가게 됩니다. 이들은 모험을 하며 각자 얻고 싶은 것은 이미 자신이 갖고 있다는 사실을 깨닫고, 도로시 또한 고향으로 무사히 돌아가게 됩니다.

생각글 2 인간의 감정을 다스리는 뇌
24~25쪽

「오즈의 마법사」의 양철 나무꾼이 원한 마음은 감정이고, 인간의 감정은 뇌에서 비롯됩니다. 뇌는 기쁨, 슬픔, 화 등의 감정을 만들어 내지요. 즐거운 감정을 느끼면 뇌에서 도파민이라는 신경 전달 물질이 만들어집니다. 대뇌의 앞부분인 전두엽에서 화를 낼지 말지 결정하고 해마가 이를 돕습니다. 무서움은 편도체가 가장 먼저 반응하여 신호를 보내 심장을 뛰게 만들고, 에너지를 빠르게 많이 사용할 수 있게 만들어 우리 자신을 보호합니다.

내용요약 뇌, 도파민
1 ①　　**2** ②　　**3** ⑤

---

1 화를 낼지 말지 결정하는 것은 '전두엽'입니다. '해마'는 전두엽이 결정을 내릴 때 영향을 줄 뿐입니다.

2 이 글에서 감정을 다스리는 신체 기관은 '뇌'라는 것을 설명하고 있으므로, '감정 컨트롤 본부'는 감정을 조절하는 기관인 '뇌'가 알맞습니다.

3 **보기**는 도파민이 상상만으로도 만들어지며, 어떤 감정을 반복해서 느낄수록 그 감정을 느끼는 뇌 영역이 발달한다는 내용입니다. 그러므로 되도록 즐겁고 행복한 상상과 긍정적인 생각을 많이 하겠다는 ⑤가 알맞습니다.

오답풀이
① 나를 지키는 것은 화를 내는 감정과 무서움을 느끼는 감정이며, 보기의 내용과 관련이 없습니다.
② 건강한 뇌에 대한 내용은 제시된 글과 보기의 내용에서 찾을 수 없습니다.
③ 게임을 하는 게 즐겁다고 게임을 오래 해서는 안 된다는 내용은 제시된 글과 보기의 내용에서 찾을 수 없습니다.
④ 친구에게 질투심을 느끼는 내용은 제시된 글과 보기의 내용에서 찾을 수 없습니다.

배경지식

감정의 표현
'초조하다', '외롭다', '지루하다', '허탈하다', '허전하다' 등 감정을 나타내는 표현은 2천 가지가 넘을 만큼 많습니다. 하지만 자신의 감정이 어떠한지를 정확히 알고 이를 표현하기는 쉽지 않습니다. 그래서 감정을 나타내는 다양한 표현들을 아는 것이 중요합니다. 이 표현들을 통해 자신의 감정을 정확히 알 수 있고, 다른 사람의 감정도 이해할 수 있기 때문입니다.

1

뇌
인간이 느끼는 기쁨, 슬픔, 화 등의 감정을 만들고 조절함.

즐거움	화남	무서움
• 즐거움을 느끼면 뇌에서 만들어지는 **도 파 민**이 만들어짐. • 신경이 이 물질을 운반해서 퍼트림.	• 대뇌의 앞부분인 전두엽에서 화를 낼지 말지 판단하고, 어떻게 얼마큼 화를 낼지 결정함. • 이때 **해 마**가 조언하는 역할을 함.	• 편도체가 무서운 것에 반응하고 위험하다는 신호를 보냄. • 심장을 빨리 뛰게 하여 위험한 것을 피해 도망치게 함.

2
(2) ○

화가 나거나 무서움을 느끼는 감정은 뇌가 우리 스스로를 보호하기 위해 느끼게 하는 감정입니다.

3
(예시답안) 우리가 처한 상황을 살펴보고 뇌에서 그에 맞게 만들고 조절하는 것이다. 상대방이 나를 함부로 대하지 못하게 하기 위해 '화'라는 공격적인 감정을 표현하고, 위험에서 나를 지키기 위해 '무섭다'는 감정을 표현하는 것이다.

(채점 Tip)
1) 앞에서 배운 마음(감정)의 뜻과 감정이 어떻게 만들어지는지 정확히 이해하고 썼는지 확인합니다.
2) 감정을 만들어내는 기관은 바로 '뇌'이고, 이러한 뇌는 처해진 상황에 따라 알맞은 감정을 만들어 낸다는 내용이 들어가 있는지 확인합니다.

4
(1) ㉣ (2) ㉢ (3) ㉡ (4) ㉠

5
(1) 도파민 (2) 감정 (3) 지혜 (4) 뇌

6
지혜

'슬기'는 '사리를 바르게 판단하고 일을 잘 처리해 내는 재능.'이라는 뜻이므로, '세상 이치를 잘 알아서 어떤 일을 올바르게 풀어 나가는 힘.'이라는 뜻의 '지혜'와 비슷한 말입니다.

생각글 1 똥 묻은 세계사

28~29쪽

서양의 중세는 로마 제국 멸망 이후부터 약 1천 년의 시간을 말하는데, 이때의 화장실 문화는 로마 제국 시절보다 퇴보하고 말았습니다. 혼란스러운 시대였기에 로마 제국이 건설한 상하수도나 공중화장실 등을 관리하지 않고 방치하여 일어난 결과입니다. 또 사람들도 집에서 사용한 요강의 오물을 창밖으로 내버리기 일쑤였기 때문에, 오물을 뒤집어쓰지 않은 날이 운이 좋을 정도였답니다. 이 글을 통해 중세 시대 위생 시설의 수준을 알아봅니다.

1 ⑤	2 ②	3 ③

1
이 글은 중세 시대에 위생 시설이 얼마만큼 낙후되었는지를 여러 가지 재미있는 예를 들면서 설명하며 정보를 제공하고 있습니다.

2
중세 시대에는 4, 5층 건물이 많았는데, 화장실은 1층에 있어서 화장실을 사용하는 것이 불편했기 때문에, 사람들이 요강에 볼일을 본 다음 창문 밖으로 똥오줌을 버렸다고 했습니다.

(오답풀이)
① 중세에는 화장실이 주로 1층에 하나만 있었습니다.
③ 중세 유럽의 여성은 긴치마를 즐겨 입었습니다.
④ 중세 유럽의 여성은 오물로부터 드레스나 긴치마를 보호하기 위해 굽이 높은 신발(쇼핀느)을 신었습니다.
⑤ 이 글에 중세에 공중화장실이나 공중목욕탕이 발달했다는 내용은 없습니다.

3
보기의 내용은 우수한 로마 제국의 공중화장실 시설에 대한 설명인데, 이 글에서 말하는 중세의 화장실보다 훨씬 발달했음을 알 수 있습니다.

작품읽기

똥 묻은
세계사
글 김성호
다림

책 소개
똥오줌을 누는 것은 인간의 기본적인 욕구이며, 생명 유지의 필수 현상입니다. 그러므로 화장실은 인류에게 반드시 필요한 시설이며, 인류와 함께 발전하고 변화되어 왔습니다. 이 책은 이러한 화장실 역사를 원시 시대부터 현대에 이르기까지 시대별로 나누어 재미있게 설명합니다.

2 위생 시설의 발전

훌륭한 상하수도 시설을 갖췄던 고대 로마와 달리 중세 유럽은 대부분의 도시에 화장실이 없었습니다. 그래서 물이 잘 오염되어 마실 물을 멀리서 끌어와야만 했습니다. 그러던 중 오염된 물을 통해 감염되는 전염병인 콜레라가 런던에서 유행했고, 이를 계기로 유럽 전역에 상하수도 시설과 정수 시설이 크게 발전하였습니다. 그 결과 사람의 수명이 늘어나고 질병으로부터 안전해졌습니다. 이러한 사실을 통해 위생 시설의 발전이 인류에 미친 영향을 이해합니다.

내용요약 상수도, 하수도

1 ⑤   **2** ②   **3** ④   **4** ㉰

1 이 글은 중세 유럽의 위생 시설에 대해 설명한 후 이후의 위생 시설이 어떻게 발전해 왔는지 알려 주고 있습니다. 따라서 이 글에서 가장 중요한 말은 '위생 시설'입니다.

2 3문단에서 콜레라는 오염된 물이나 오염된 물에 닿은 음식물을 먹었을 때 생기는 병이라고 했습니다. 따라서 오염된 공기를 통해 감염된다는 것은 알맞지 않습니다.

오답풀이
① 3문단에 영국 런던에서 콜레라가 유행했다고 나와 있습니다.
③ 3문단에 콜레라에 걸리면 설사를 한다고 나와 있습니다.
④ 3문단에 콜레라에 걸리면 죽음에 이르기도 했다고 나와 있습니다.
⑤ 3문단에 의사 존 스노가 콜레라의 원인이 오염된 물임을 밝혀냈다고 나와 있습니다.

3 **보기**의 내용은 정수 처리 기술에 대한 내용이므로, 마지막 문장에 정수 처리 시설의 발전에 대해 언급한 글 **3** 뒤에 들어가는 것이 가장 알맞습니다.

4 4문단에서 과학자들은 평균 수명이 늘어난 원인으로 깨끗한 물 공급 등 개인위생의 발전을 꼽는다고 하였으므로, 이 글을 읽고 보인 알맞은 반응은 ㉰입니다.

1

위생 시설	인간의 건강에 유익하도록 만들어진 상하수도, 화장실 등의 시설

위생 시설 발전 과정	로마 제국 시대에는 상하수도 시설이 발달해 있었음. ↓ 중세 유럽에서는 똥오줌을 길에 마구 버려 물이 오염됨. 1619년 영국에 물 공급 회사가 세워져 런던에 상수도관을 만듦. ↓ **콜레라**가 오염된 물을 통해 전염된다는 것이 밝혀지면서 상하수도와 정수 처리 기술이 발전함.

위생 시설 발전의 영향	위생 시설의 발전으로 깨끗한 수돗물이 보급되면서 인간의 평균 **수명**이 늘어나고 질병의 위험으로부터 안전해짐.

2 (2) ○
두 친구가 말하는 하이힐과 향수는 중세 유럽의 비위생적인 화장실 문화의 영향으로 생겨난 물건입니다.

3 **예시답안** 똥오줌과 같은 오물이나 오염된 물로 인해 걸리는 병이 많기 때문이다. 오물을 처리하는 상하수도나 오염된 물을 깨끗하게 하는 정수 처리 시설 등의 위생 시설이 있어야 질병의 위험으로부터 안전해질 수 있다.

채점 Tip
1) 위생 시설의 중요성에 대한 내용을 이해하고, 위생 시설이 중요한 까닭을 정확하게 썼는지 확인합니다.
2) 상하수도 시설의 발전과 깨끗한 물의 보급이 인간의 건강과 수명에 미친 영향 등의 내용이 들어가 있는지 확인합니다.
3) 위생 시설의 중요성의 근거로 오염된 물로 인해 생긴 콜레라 같은 전염병을 예로 들어 주어도 좋습니다.

4 (1) 수명 (2) 위생 (3) 하수도 (4) 상수도
(1) '인명'은 '사람의 이름'이나 '사람의 목숨'을 의미합니다.
(2) '정비'는 '시설이 제 기능을 하도록 정리하는 것'을 의미합니다.

5 (1) 오물 (2) 정수 (3) 수명 (4) 위생

6 하수도
'상수도'는 '먹거나 씻을 물을 관을 통하여 보내 주는 시설.'을 뜻하므로, 반대되는 낱말은 '쓰고 버린 더러운 물이 흘러가도록 만든 시설.'이라는 뜻의 '하수도'가 알맞습니다.

생각글 1 이모와 함께 도란도란 음악 여행

34~35쪽

은서와 이모가 음악에 대해 여러 이야기를 나눕니다. 이모는 플라톤이나 공자 같은 옛날 사람들은 음악이 사람의 감정이나 성격에 큰 영향을 주어 젊은이들에게 아무 음악이나 들려주면 안 된다고 믿었다고 설명해 줍니다. 그리고 좋은 음악이란 무엇인지도 설명해 줍니다. 두 사람의 대화를 통해 옛 사람들의 음악에 대한 생각과 좋은 음악의 조건을 알아봅니다.

1 ④   2 ⑤   3 사실: ㉠, ㉡, 의견: ㉢, ㉣   4 ⑤

1 음악이 사람의 감정이나 성격에 큰 영향을 준다는 옛날 사람들의 생각을 인용하여 음악이 가지는 힘에 대해 설명해 주고 있습니다.

2 이모가 한 말을 통해 플라톤은 음악이 사람의 감정이나 성격에 큰 영향을 준다고 했음을 알 수 있습니다.

3 사실은 실제로 있었던 일을 말하므로 ㉠, ㉡이 이에 해당되고, 의견은 어떤 대상에 대하여 가지는 생각이므로 ㉢, ㉣이 이에 해당됩니다.

4 이모가 인용한 플라톤이나 공자의 말과, **보기**의 글쓴이가 머릿속이 복잡할 때 클래식 음악을 듣고 마음이 편안해졌다는 내용으로 보아, 둘 다 듣는 '음악에 따라서 기분이 달라질 수 있음'을 말하고 있다는 것을 알 수 있습니다.

작품읽기

이모와 함께 도란도란 음악 여행
글 최은규
토토북

책 소개
아주 오래전 음악이 어떤 모습이었는지부터 다양한 악기와 작곡가에 대한 이야기까지, '음악'이라는 예술을 다양한 측면에서 다룬 책이다. 눈에 보이지는 않지만 우리 삶에 많은 영향을 주는 음악에 대해 어린이도 이해할 수 있도록 쉽게 풀어서 들려주고 있습니다.

 생각글 2 음악의 힘

36~37쪽

인류의 역사와 함께 시작된 음악은 옛날부터 오늘날까지 전 세계 사람들이 즐기는 '공통의 언어'입니다. 이러한 음악은 우리의 감정을 조절하고, 스트레스를 해소해 주는 등 큰 힘이 있습니다.

내용요약 음악
1 ④   2 (3)   3 ㉠

1 이 글에서는 음악이 부정적인 감정을 억누르고, 아픈 몸과 정신을 치료할 수 있고, 스트레스를 풀어 준다고 하였습니다. 그리고 반복된 패턴의 음악이 긴장을 풀어 준다고 하였습니다. 하지만 음악이 창의성과 상상력을 길러 준다는 내용은 확인할 수 없습니다.

2 이 글과 **보기**의 내용 모두 음악이 사람의 감정에 영향을 준다고 하였으므로, 심리적 안정이 중요한 병원에서는 빠른 음악보다는 차분하고 조용한 음악을 틀어 주는 것이 더 좋다는 것을 짐작할 수 있습니다.

3 **보기**는 술에 취해 난동을 부리던 청년을 긴 음이 반복되는 음악으로 차분하게 만들었다는 이야기이므로, 음악으로 부정적인 감정을 억누른다는 ㉠의 사례로 알맞습니다.

배경지식

세계 공통의 언어인 음악
많은 사람이 '음악은 세계 공통의 언어'라는 표현을 써 왔지만 그동안 과학적 근거가 없었습니다. 그런데 여러 나라의 과학자, 생물학자, 음악가들이 모여 음악이 세계 공통의 언어임을 밝혀냈습니다. 공동 연구팀은 전 세계 439개 사회와 부족의 전통 음악을 녹음해 분석했습니다. 그 결과 모든 문화권의 댄스 음악은 빠르고, 자장가는 부드럽고 느리며, 명상곡은 음의 간격이 좁고 촘촘하다는 것을 밝혀냈습니다. 전혀 교류가 없던 사회에서 만들어진 전통 음악에서도 이런 공통점이 발견되어 놀라움을 주었습니다.

익힘학습 자란다 문해력

38~39쪽

1

```
음악의 힘
```

세계 공통의 언 어	음악의 효과
• 음악의 역사는 인류의 역사와 함께 시작됨. • 오늘날 사람들은 다양한 종류의 음악을 즐김.	• 감정을 조절하게 해 줌. • 스 트 레 스 를 풀어 줌.

음악은 사람의 감정에 영향을 미치므로 좋은 음악을 들어야 함.

2 (1) ○

피타고라스는 음악의 리듬이 사람의 감정에 영향을 미친다고 하였고, '음악이 부정적인 감정을 억눌러 준다.'고 하였습니다. 따라서 피타고라스의 말을 통해 알 수 있는 것은 (1)입니다.

3 (예시답안) 음악을 들으면 다양한 감정을 느낄 수 있고, 부정적인 감정이 들 때 감정을 변화시켜 주기도 하기 때문이다. 기분이 좀 가라앉을 때는 신나는 음악을 들으면 힘이 나고, 공부에 집중하고 싶을 때는 가사 없는 차분한 클래식 음악이 도움이 되는 것처럼 말이다.

(채점 Tip)
1) 앞에서 배운 '음악이 가진 힘'이 무엇인지 이해하고, 자신의 생각을 설득력 있게 썼는지 확인합니다.
2) 감정과 생각을 표현하고, 감정을 조절하고, 스트레스를 풀어 준다는 등 음악의 효과가 구체적으로 들어가 있는 게 좋습니다.
3) 앞에서 배운 사람들의 말이나 사례를 덧붙여 써 주어도 좋습니다.

4 (1) ⓒ (2) ⓐ (3) ⓓ (4) ⓔ

5 (1) 교향곡 (2) 악보 (3) 반주 (4) 음악

6 반주

'노래를 도와 주는 악기 연주'는 '노래를 도와주기 위하여 옆에서 다른 악기를 연주함.'이라는 뜻의 '반주'와 바꿔 쓸 수 있습니다.

생각글 1 로미오와 줄리엣

42~43쪽

이탈리아의 베로나 지역에는 오랜 기간 원수처럼 지낸 두 가문이 있었습니다. 그런데 몬터규 가문의 로미오와 캐풀렛 가문의 줄리엣이 무도회에서 만나 사랑에 빠집니다. 사랑에 빠졌지만 사랑해서는 안 되는 로미오와 줄리엣은 이루어질 수 없는 사랑을 한탄하면서도 영원한 사랑을 약속합니다. 그리고 가문에서 반대할수록 사랑은 더 불타오릅니다.

1 사랑	**2** ④	**3** ②

1 이 글은 몬터규 가문의 로미오와 캐풀렛 가문의 줄리엣이 서로 첫눈에 반해 '사랑'에 빠진 뒤에 두 사람이 사랑을 속삭이는 장면을 그리고 있습니다.

2 ㉮는 희곡의 요소 중 하나인 해설에 해당하는 부분으로, 말리면 말릴수록 더 불타게 되는 사랑에 대해 설명하고 있습니다. 그러므로 하지 말라고 하면 더 하고 싶어지는 사람의 마음을 이야기하고자 했음을 알 수 있습니다.

3 ㉡은 등장인물의 행동이나 말투, 표정이 어떠해야 하는지 알려 주는 지문에 해당하므로, 무대나 인물, 배경 등을 설명하는 해설이라고 한 ②는 알맞지 않습니다.

(오답풀이)
① ㉠은 이야기의 배경을 설명하고 있으므로, 무대나 인물, 배경 등을 설명하는 '해설'입니다.
③ ㉢은 로미오가 무대에서 하는 말인 '대사'입니다.
④ ㉣은 말투에 대해 설명하고 있으므로, '지문'에 해당합니다.
⑤ ㉤은 로미오가 무대에서 하는 말인 '대사'입니다.

(작품읽기)

로미오와 줄리엣
글 윌리엄 셰익스피어

책 소개
로미오와 줄리엣의 비극적 사랑을 그린 셰익스피어의 희곡입니다. 원수지간인 몬터규와 캐풀렛 가문의 두 사람인 로미오와 줄리엣은 서로 이루어질 수 없음을 알면서도 사랑을 포기하지 못합니다. 두 사람의 관계를 알게 된 줄리엣의 아버지는 줄리엣을 빨리 결혼시키려고 하고, 줄리엣은 42시간 동안 호흡과 맥박이 거의 멎은 상태에 빠질 수 있는 약을 먹고 죽은 척합니다. 그런데 이 사실을 몰랐던 로미오는 줄리엣이 죽은 줄 알고 독약을 마시고 죽게 되고, 줄리엣 역시 로미오를 따라 죽고 맙니다.

2 칼리굴라 효과

44~45쪽

1980년대 고대 로마의 폭군인 칼리굴라를 다룬 영화 「칼리굴라」가 미국에서 상영되었는데, 보스턴시가 영화의 잔인성을 이유로 상영을 금지합니다. 그러자 사람들의 관심이 더 몰리게 되고, 사람들은 다른 도시로 몰려가 영화를 보게 됩니다. 이렇게 금지된 것에 강하게 호기심을 느끼는 것을 '칼리굴라 효과'라고 말합니다. 이는 금지당하면 자유를 빼앗겼다고 생각하여 그것에 맞서고 싶은 마음이 일어나기 때문에 나타나는 현상입니다.

내용요약 칼리굴라

1 ⑤   2 ㉠→㉢→㉣→㉡   3 ④

1 영화 「칼리굴라」의 상영을 금지시키자 사람들은 오히려 더 강한 호기심을 느껴 다른 도시로 몰려가 영화를 보았다고 했습니다.

2 미국에서 1980년대에 영화 「칼리굴라」를 상영하였는데, 보스턴시는 이 영화가 잔인하고 자극적이어서 상영을 금지했습니다. 이 소식에 사람들은 오히려 이 영화에 더 관심을 갖게 되었고, 다른 도시까지 가서 영화를 보게 되었습니다. 그리고 이런 현상에서 금지된 것에 대한 강렬한 호기심을 뜻하는 '칼리굴라 효과'라는 말이 생겼습니다.

3 '칼리굴라 효과'는 금지당한 것에 대한 강한 호기심과 이끌림을 나타내는 것이므로, 물을 아껴 쓰라는 말에 그대로 따라 했다는 ④는 알맞게 말하지 못한 것입니다.

익힘학습 자란다 문해력

46~47쪽

1

칼 리 굴 라 효과
하지 말라면 더 하고 싶어지는 현상

예시	원인	비슷한 효과
양쪽 집안이 반대하면 할수록 서로 더 사랑하게 되는 로미오와 줄리엣	인간에게는 자유 의지가 있는데, 그것을 금지당하면 맞서고 싶은 마음이 일어나 나타나는 현상	생각하지 말라고 하면 오히려 더 생각나는 백 곰 효과

2 (2) ○
로미오와 줄리엣의 상황이나 금지된 영화에 더 관심이 생기는 현상은 모두 하지 말라고 하면 더 하고 싶어지는 현상을 설명하고 있습니다.

3 **예시답안** 부모님께서 피자 같은 패스트푸드는 몸에 해롭다고 먹지 못하게 하시면 더 강렬하게 먹고 싶어진다. 그리고 게임을 그만하라고 하면 왠지 반항심이 생기기도 한다. 나만 이런 심리가 있는 줄 알았는데 칼리굴라 효과를 통해 사람들도 그렇다는 걸 알아서 좋았고, 이런 효과가 있다는 걸 알게 되어 재미있었다.

채점 Tip
1) '칼리굴라 효과'의 뜻을 정확히 이해하고, 그에 해당하는 경험을 썼는지 확인합니다.
2) 무엇인가를 금지당했을 때 이를 더 원하게 되거나 참을 수 없는 강한 호기심을 느꼈음이 드러나는지 확인합니다.
3) 예시의 앞뒤 상황과 그때 느꼈던 감정을 알맞게 표현했는지 확인합니다.

4 (1) 도리 (2) 효과 (3) 말리다 (4) 호기심

5 (1) 효과 (2) 금지

6 호기심
'궁금증'은 '새롭고 신기한 것을 좋아하거나 모르는 것을 알고 싶어 하는 마음.'이라는 뜻의 '호기심'과 뜻이 비슷한 말입니다.

어린이도 세금을 낼까?

생각글 1   애덤 스미스 아저씨네 경제 문구점

48~49쪽

햄버거 가게에서 햄버거를 사 먹던 태랑이는 영수증에서 '부가세'라는 단어를 발견하고 값을 더 많이 냈다고 생각하여 점원에게 물어보았습니다. 그러자 점원은 모든 상품의 가격에는 10퍼센트의 부가 가치세가 붙는 것이라고 설명합니다. 태랑은 어린이인데도 세금을 내야 한다는 것을 이해하지 못합니다. 태랑이 겪은 일을 통해 우리가 사는 물건값에 붙어 있는 '부가세'에 대해 알아봅니다.

> **1** ③   **2** 상품   **3** ①

1 태랑은 영수증에서 부가세 1,500원이 더 붙은 것을 보고 햄버거값이 잘못되었다며 점원에서 따져 물었습니다.

2 '부가 가치세'란 과자나 아이스크림 같은 상품 가격에 포함되어 있는 세금을 뜻합니다. 그래서 상품을 사는 사람은 누구나 내게 되어 있습니다.

3 연필 열 자루를 사고 3,000원을 냈기 때문에 한 자루의 가격은 300원이고, 부가 가치세는 10퍼센트이므로 30원입니다.

오답풀이
② 지우개 두 개 가격은 2,000원이고, 부가 가치세는 10퍼센트이므로 200원이 맞습니다.
③ 구매한 공책 다섯 권의 가격은 10,000원이고, 다섯 권 전부의 부가 가치세는 10퍼센트이므로 1,000원이 맞습니다.
④ 구매한 문구 전체 가격은 15,000원이고, 부가 가치세는 10퍼센트이므로 1,500원이 맞습니다.
⑤ 구매한 공책 한 권 값은 2,000원이고, 부가 가치세는 10퍼센트이므로 200원이 맞습니다.

작품읽기

| 애덤 스미스 아저씨네 경제 문구점
글 예영
주니어김영사 | **책 소개**
유명한 경제학자인 애덤 스미스가 초등학교 앞 문구점 주인으로 등장합니다. 그리고 갖고 싶은 것이 있으면 꼭 가져야 해서 용돈을 다 써 버리는 태랑이가 문구점에서 아르바이트를 하면서 경제에 대해 배우는 이야기입니다. 어린 |

이가 알기 쉽게 사회 현상과 경제 개념을 재미있게 알려 줍니다.

생각글 2   세금의 종류와 쓰임

50~51쪽

세금은 국가나 지방 자치 단체가 살림을 하기 위해 정해진 법에 따라 국민에게 거두어들이는 돈으로, 내는 방식에 따라 '직접세'와 '간접세'로 나뉩니다. 세금은 국가를 유지하고 위험으로부터 국민의 생명과 재산을 보호하고, 국민이 편안하고 행복하게 생활할 수 있도록 하기 위해 쓰이므로, 국민은 세금을 성실히 내야 합니다. 이 글을 읽고 세금의 의미와 종류 그리고 쓰임을 알아봅니다.

> **내용요약** 세금
> **1** (2)   **2** ②   **3** ㉠ 직접세, ㉡ 간접세   **4** ④

1 이 글은 세금을 내는 방식에 따라 나뉘는 직접세와 간접세에 대해 알려 주고, 세금이 어디에 어떻게 쓰이는지 알려 주고 있습니다.

2 부가 가치세와 통행세는 물건이나 서비스 값에 포함되어 있어 세금을 내는 줄 모르고 내는 간접세에 해당합니다.

3 세금은 내는 방식에 따라 직접 내는 직접세와 간접세로 나뉩니다. 직접세에는 소득세와 재산세, 자동차세 등이 있고, 간접세에는 부가 가치세와 통행세 등이 있습니다.

4 국민이 세금을 내지 않으면 정부가 운영할 돈이 부족하기 때문에 수도나 전기와 같은 시설을 유지할 수 없어 온 국민이 피해를 보게 될 것입니다.

오답풀이
① 세금이 없으므로 정부의 재정이 줄어 국가 살림살이가 어려워질 것입니다.
② 직접세는 소득이나 재산이 많은 사람이 많이 내는 세금인데, 세금을 내지 않으면 오히려 소득이 많은 사람과 적은 사람의 차이가 커질 것입니다.
③ 정부에 돈이 없으므로 무료로 학교를 다닐 수 있는 기간이 줄어들게 될 것입니다.
⑤ 정부에 돈이 없으므로 국민이 무료 혹은 적은 비용으로 이용할 수 있는 공공시설이나 공공 기관이 줄어들 것입니다.

자란다 문해력

52~53쪽

1

세금
• 국가나 지방 자치 단체가 살림을 하기 위해 국민에게 거두어들이는 돈 • 세금을 내는 방식에 따라 직접세와 간접세가 있음.

직접세	간접세
• 돈을 번 사람이나 회사가 나라에 **직 접** 내는 세금 • 버는 돈에 따라 다르게 냄. • 소득세, 재산세, 자동차세 등이 있음.	• 물건이나 서비스 값에 포함되어 **간 접** 적으로 내는 세금 • 소득이나 재산의 많고 적음에 상관없이 똑같이 냄. • 부가 가치세, 통행세 등이 있음.

2 (2) ○
제시된 글은 모든 국민의 건강, 생활, 교육을 국가에서 책임지는 대신 많은 세금을 거두어들이는 스웨덴에 대해 설명하고 있습니다.

3 (예시답안 1) 당연하다고 생각한다. 해당하는 물건을 어린이가 사는지 어른이 사는지 구별하기 힘들기 때문이다. 또 어린이도 국민의 의무를 다해야 하다고 생각한다.
(예시답안 2) 맞지 않다고 생각한다. 어린이는 아직 돈을 벌지 못하기 때문에 어린이가 많이 사는 물건에는 세금을 포함하지 말아야 한다.

(채점 Tip)
1) 세금에 대해 정확히 이해했는지 확인합니다.
2) 어린이가 사는 물건에 세금이 포함되는 것에 대한 자신의 생각을 분명히 정하고 그에 대한 까닭을 써 봅니다.
3) 주어진 내용과 문장 호응이 잘 이루어지는지 확인합니다. '나는 ~에 대해'라는 표현이 주어졌으므로, 먼저 나의 주장을 명확히 제시하고, 그 뒤에 까닭을 쓰는 것이 자연스럽습니다.

4 (1) ⓒ (2) ⓔ (3) ⑤ (4) ⓑ

5 (1) **부가** (2) **살림** (3) **세금** (4) **가격**

6 납세
'세금을 내는 일.'은 '납세'와 뜻이 비슷한 말입니다.

생각글 1 목소리가 이상해요

54~55쪽

이든은 지호와 사이가 서먹해진 것이 신경 쓰였는데, 자신의 목소리까지 감기 걸린 것처럼 이상하게 변해 버리자 우울해집니다. 그러던 어느 날, 지호도 목소리 변화 때문에 마음이 안 좋았다는 사실을 알게 됩니다. 그리고 목소리 변화가 변성기 때문이라는 사실을 알게 된 이든은 친구인 지호와 함께 겪어 낼 것을 생각하며 조금 안심합니다.

1 ②	**2** ㉐ → ㉔ → ㉓ → ㉕	**3** ③
4 (1) ○ (3) ○		

1 이 글은 주인공이 사춘기의 변화 중 하나인 변성기를 겪으면서 일어나는 일을 이야기하고 있습니다. 따라서 이 글에서 중요한 말은 '변성기'입니다.

2 이든은 단짝 친구인 지호가 평소와 달리 혼자 편의점에 가서 라면을 먹은 일로 마음이 상했고, 그러다가 이상한 목감기에 걸리고 맙니다. 그 후 창작 동요 연습 때 갈라진 목소리가 나와 친구들의 웃음거리가 되어 쓸쓸한 마음을 안고 길을 갑니다. 결국 지호를 만나 지호도 변성기를 겪으며 혼란스러웠음을 알게 됩니다.

3 이든은 평소와 다른 지호의 행동이 신경 쓰인 데다 목감기까지 걸려서 더욱 마음이 안 좋은 상황이었습니다. 지호에게 서운한 감정을 느끼고 있던 이든이 한 말이므로, 퉁명스러운 말투가 어울립니다.

4 **보기** 내용은 변성기에 대한 설명이고, 이 글의 주인공 이든은 변성기로 인해 목소리가 갈라지는 변화를 겪었고, 지호는 목소리가 낮고 굵어지는 변화를 겪었습니다.

배경지식

변성기는 남자만 올까?
사춘기에 남성 호르몬 중 하나인 테스토스테론이 분비되고 성대 모양이 변하면서 목소리에 변화가 오는데 이를 '변성기'라고 합니다. 일반적으로 남자에게만 변성기가 있다고 생각하지만, 여자에게도 변성기가 있습니다. 하지만 남자처럼 목소리 변화가 뚜렷하지 않아 잘 드러나지 않습니다. 테스토스테론이 성대를 자극하면 성대가 두껍고 길어지는데, 여자 역시 약간 분비되어 성대가 발달하지만 목소리에 큰 변화는 일어나지 않습니다.

우리 몸을 조절하는 호르몬

56~57쪽

몸과 마음이 성장함에 따라 변화가 일어나는 시기를 '사춘기'라고 합니다. 사춘기 때는 우리 몸에서 여러 가지 호르몬이 나오는데, 성 호르몬은 생식기의 성장과 조절에 관여하고, 성장 호르몬은 뼈와 근육에 작용하여 키나 얼굴 등 몸이 커지게 만듭니다. 이처럼 호르몬은 우리 몸에 영향을 주는 중요한 물질로, 알맞은 양이 나오도록 조절하는 것이 중요합니다.

내용요약 호르몬
1 ⑤ **2** ③, ④ **3** 운동, 수면

1 이 글은 호르몬이 사춘기 때 몸의 변화나 성장 등에 미치는 영향을 설명하며 호르몬에 대한 정보를 전달하고 있습니다.

2 성장 호르몬은 뼈와 근육 발달에 작용해 키는 물론 얼굴, 손, 발처럼 우리 몸을 크게 만들어 주고, 성 호르몬은 남자와 여자의 특징을 두드러지게 만드는 등 사춘기 아이들의 몸에 영향을 미칩니다.

오답풀이
① 호르몬이 너무 많이 나오면 몸의 끝부분이 커지는 병에 걸릴 수 있으므로, 알맞은 양이 나오도록 조절하는 것이 중요합니다.
② 처음 발견된 호르몬은 십이지장에서 나오는 소화 관련 호르몬이라고 2문단에 나옵니다.
⑤ 턱, 코, 손, 발 등 몸 끝부분이 커지는 병이 생기게 만드는 것은 성장 호르몬입니다.

3 그래프 설명 내용을 보면 24시간 중 체육시간과 잠을 잘 때 많은 성장 호르몬이 나온다는 것을 알 수 있습니다. 또한 이 글에서도 성장 호르몬이 잘 분비되려면 수면, 영양, 운동, 바른 자세 등의 조건이 갖춰져야 한다고 했습니다. 따라서 성장 호르몬 분비에 많은 영향을 미치는 것은 '운동'과 '수면'입니다.

1

호르몬
우리 몸속을 다니며 기관이나 조직이 잘 활동하도록 도와주는 물질

성 호르몬	성장 호르몬
생식기의 성장과 조절에 영향을 줌.	뼈와 근육의 발달에 작용함.
사춘기 때 분비되어 남자와 여자의 성별에 따른 특징을 더 두드러지게 함.	• 키 얼굴, 손, 발 등을 크게 함. • 지방을 분해해 뚱뚱해지는 것을 막아 줌. • 신체에 활력을 줌.

2 (1) ○

3 **(예시답안)** 성 호르몬과 성장 호르몬이 많이 나와서 몸과 마음에 여러 변화가 일어난다. 우리 형은 중학생이 되면서 갑자기 목소리가 굵어져서 우리 가족 모두 당황한 적이 있었다. 사춘기의 변화가 호르몬 때문이라는 것을 알았다면 덜 놀랐을 것 같다.

(채점 Tip)
1) 호르몬에 대해 이해하고, 사춘기와 호르몬의 관계를 알맞게 썼는지 확인합니다.
2) 자신이 겪은 경험이나 주변에서 본 사례를 예로 들어 봅니다.

4 (1) 조직 (2) 사춘기 (3) 변성기 (4) 호르몬
(1) '인체'는 '사람의 몸.'을 의미합니다.
(2) '과도기'는 '한 상태에서 다른 새로운 상태로 바뀌어 가는 시기.'를 의미합니다.
(3) '성장기'는 '성장하는 시기.'를 의미합니다.
(4) '기관'은 '일정한 모양과 기능을 가지고 있는 생물체의 부분.'을 의미합니다.

5 (1) 기관 (2) 변성기 (3) 작용 (4) 사춘기

6 작용
'기능'은 '어떤 구실이나 작용을 함.'이라는 뜻이므로, '어떠한 현상을 일으키거나 영향을 미침.'이라는 뜻의 '작용'과 비슷한 말입니다.

신라, 백제와 고구려를 무너뜨리다!

60~61쪽

신라는 당나라와 손잡고 백제를 공격해 세찬 싸움 끝에 백제의 사비성을 함락하여 백제를 무너뜨렸습니다. 하지만 고구려는 평양성을 끝까지 지켰고 당나라 군대는 철수하고 말았지요. 그러나 몇 년 뒤, 고구려는 연개소문이 죽고 나자 내부 분열이 일어났고 이를 틈타 나당 연합군은 고구려를 공격해 무너뜨렸습니다.

> **1** 신라　**2** ④　**3** ㉣

1 이 글에는 신라가 당나라와 손잡고 백제와 고구려를 무너뜨리고 삼국을 통일하는 과정이 드러나 있습니다.

2 신라는 당나라와 연합하여 백제와 고구려의 수도를 함락했습니다. 따라서 다른 나라의 도움 없이 백제와 고구려 수도를 함락했다는 ④는 신라에 대한 알맞은 내용이 아닙니다.

오답풀이
① 마지막 문단에 나당 연합군이 고구려의 궁궐과 민간에 불을 질렀다는 내용이 나와 있습니다.
② 마지막 문단에 신라의 기병 500기가 선봉이 되어 평양성 안으로 들어갔다고 나와 있습니다.
③ 2문단에 신라군은 계백 장군이 이끈 5천 결사대를 물리치고 사비성으로 밀어닥쳐 함락시켰다고 나와 있습니다.
⑤ 2문단의 내용에서 신라는 백제의 열 배나 되는 군사를 이끌고 황산벌에서 전투를 벌였다는 것을 알 수 있습니다.

3 ㉠ 뒤에 이어지는 '고구려를 노리고 있던'이라는 문장을 통해, 남의 것을 빼앗으려고 기회를 엿보는 것을 뜻하는 '호시탐탐'이 알맞은 사자성어임을 알 수 있습니다.

작품읽기

한국사 편지1
글 박은봉
책과함께어린이

책 소개
　이 책은 대중적인 역사책을 써 온 역사 연구가인 글쓴이가 딸에게 꼭 들려주고 싶은 우리 역사를 담아 낸 책으로, 1권에서는 원시 사회부터 통일 신라와 발해까지의 역사를 이야기해 주고 있습니다. 편지글 형식을 취하고 있어 한국사를 처음 접하는 사람도 읽기에 편합니다.

삼국 통일의 과정

62~63쪽

한반도의 중심인 한강을 차지하기 위해 신라, 백제, 고구려는 끊임없이 싸웠는데, 당나라와 연합한 신라가 백제와 고구려를 무너뜨리고 삼국을 통일합니다. 하지만 그 이후에 당나라는 한반도를 몽땅 차지하려고 하였고, 신라는 당나라와 여러 차례 전쟁을 치러 결국 삼국을 통일하게 됩니다. 이 삼국 통일은 한반도에 처음 통일 국가를 세운 우리나라 최초의 통일이라는 의미가 있습니다.

> **내용요약** 통일
> **1** ①　**2** 유진　**3** 고구려 멸망　**4** (3) ○

1 당나라와 손을 잡은 사람은 백제의 계백이 아니라 진덕 여왕의 뒤를 이은 신라의 무열왕입니다.

2 이 글은 신라가 삼국을 통일하는 과정을 시간의 흐름에 따라 설명하고 있는 글입니다.

오답풀이
미주: 알맞은 까닭을 들어 자기 주장을 펼치는 것은 주장하는 글에 알맞습니다.
원영: 대상의 느낌을 눈에 보이듯 자세하게 그려내는 것은 주로 시나 소설 등 문학 작품에 해당하는 내용입니다.

3 삼국의 통일 과정은 신라와 당나라의 연합을 시작으로 하여 백제의 멸망, 고구려의 멸망 순으로 이루어졌습니다.

4 **보기**의 설명은 신라의 삼국 통일이 우리나라 최초의 통일로 하나의 문화를 발전시켰다는 의미와, 다른 나라의 힘을 빌렸다는 등의 아쉬운 점을 말하고 있습니다.

자란다 문해력

64~65쪽

1

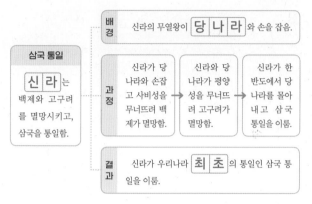

삼국 통일

신|라 는 백제와 고구려를 멸망시키고, 삼국을 통일함.

배경 신라의 무열왕이 당|나|라 와 손을 잡음.

과정 신라가 당나라와 손잡고 사비성을 무너뜨려 백제가 멸망함. → 신라와 당나라가 평양성을 무너뜨려 고구려가 멸망함. → 신라가 한반도에서 당나라를 몰아내고 삼국 통일을 이룸.

결과 신라가 우리나라 최|초 의 통일인 삼국 통일을 이룸.

2 (2) ○

두 사람은 신라의 통일이 다른 나라의 힘을 빌려 이룬 것이고, 통일 과정에서 고구려의 요동 땅을 잃었다고 말하고 있습니다. 이는 삼국 통일에 대한 부정적인 평가임을 알 수 있습니다.

3 (예시답안1) 신라가 삼국을 통일하면서 한반도에 처음으로 통일 국가가 세워졌으므로, 우리나라 최초의 통일이라는 중요한 의미가 있다.

(예시답안2) 다른 나라의 힘을 빌려 이룬 통일이라는 아쉬움이 있다. 신라가 중국의 힘을 빌리지 않고 혼자 힘으로 이루었다면 더 자랑스러웠을 것 같다.

(채점 Tip)
1) 신라의 삼국 통일 과정을 이해하고, 그 의미를 정확히 썼는지 확인합니다.
2) 신라의 삼국 통일이 갖는 긍정적 의미와 부정적 의미 중에서 자신의 생각에 맞게 그 의미를 표현합니다.
3) 긍정적 평가이든 부정적 평가이든 상관없이 자신의 생각을 설득력 있게 표현했는지 확인합니다.

4 (1) ㉡ (2) ㉠ (3) ㉢ (4) ㉣

5 (1) 통일 (2) 전쟁

6 (1) 멸망 (2) 승리

생각글 **1**
소비를 유도하는 광고 전략

66~67쪽

인류 최초의 광고는 기원전 10세기경 테베 유적지에서 발굴된 파피루스 문서 한 장으로, 여기에는 도망친 노예를 찾아 주면 사례를 하겠다는 내용이 적혀 있었습니다. 오늘날의 광고는 우리가 상품을 구매하도록 설득하고 유혹하는 데 목적이 있습니다. 이런 목적으로 만들어진 광고는 상품 광고, 기업 광고, 공익 광고가 있습니다.

내용요약 광고
1 ⑤   2 공익 광고   3 ㉰

1 이 글에 공익 광고는 사람들이 광고에서 의도한 대로 생각하거나 행동하기를 바라는 것이 목적이라는 내용은 나타나 있지만, 문제점에 대한 내용은 나타나 있지 않습니다.

2 제시된 광고는 전기 코드를 빼 두라는 내용으로 사람들의 전기 절약을 유도하기 위한 광고입니다. 이 글에 제시된 광고 종류 중 '공익 광고'에 해당합니다.

3 ㉠은 웃긴 장면으로 시선을 끄는 광고이므로, 이에 해당하는 사례는 모나리자가 케이팝에 맞춰 재미있는 춤을 춘다는 내용의 ㉰가 알맞습니다.

(오답풀이)
㉮는 제품의 친환경 소재를 강조하여 윤리적 회사임을 알리는 방법으로 소비를 이끄는 광고입니다.
㉯는 한정 할인 판매로 소비를 이끄는 광고입니다.
㉱는 제품에 감동을 담아 소비하도록 이끄는 광고입니다.

작품읽기

어린이를 위한 슬기로운 미디어 생활
글 이경혁 외
우리학교

책 소개
뉴스, 광고, 영화, 웹툰, 게임, 인터넷, SNS, 유튜브 등 여덟 가지 미디어의 활용 방법을 어린이 눈높이에 맞추어 쉽게 설명해 주는 책입니다. 일러스트와 사진, 그래프 등 시선을 끌 수 있는 흥미로운 자료를 다양하게 활용하여 이해를 돕습니다.

생각글 2 광고의 나라에서 길을 잃지 않으려면

68~69쪽

광고의 홍수 속에서 길을 잃지 않으려면 누가, 무엇을 위해 광고를 만들었는지 분명하게 알아야 합니다. 광고는 여러 방법으로 사람들이 물건을 사게 만듭니다. 유명인을 닮고 싶은 마음을 충동질하는 방법, 돋보이고 싶은 욕구를 부추기는 방법, 소비자의 불안감을 이용하는 방법이 있지요. 이러한 광고를 영리하게 읽어 낼 줄 아는 눈을 키우고 소비를 지나치게 부추기는 광고에 저항하는 자세를 갖추어야 합니다.

내용요약 유혹

1 눈   **2** ③   **3** ㉮, ㉣   **4** 은지

---

1 이 글은 광고를 영리하게 읽을 줄 아는 눈을 키워 광고의 유혹에 넘어가지 않게 도와 주려고 쓴 글입니다. 따라서 빈칸에 들어갈 알맞은 말은 '눈'입니다.

2 이 글은 광고의 다양한 방법을 유튜버들의 영상, 인플루언서들의 SNS, 학원 광고와 홈쇼핑 등 구체적인 예를 들어 설명하고 있습니다.

3 ㉮ 광고가 처음 시작된 까닭과, ㉣ 어린이를 대상으로 한 광고를 만들 때 주의할 점은 이 글에 나타나 있지 않습니다.

오답풀이
㉯ 5문단에 광고를 제대로 읽고 이해해야 하는 까닭은 광고의 유혹에 넘어가서 길을 잃어서는 안 되기 때문이라고 나와 있습니다.
㉢ 5문단에 광고의 홍수 속에서 길을 잃지 않으려면 광고를 영리하게 읽어 낼 줄 아는 눈을 키우고, 소비를 지나치게 부추기는 광고에 저항하는 자세를 갖춰야 한다고 나와 있습니다.

4 은지는 광고에 나오는 내용에 속지 말고 상품을 꼼꼼하게 알아봐야 한다고 하였으므로, ㉠에서 말하는 광고를 잘 읽어내는 구체적인 방법으로 알맞습니다.

70~71쪽

1

광 고
팔고 싶은 물건이나 메시지를 세상에 널리 전하는 일.

광고의 종류	광고의 유혹 방법
• **상 품** 광고: 상품을 사게 하려고 만듦. • 기업 광고: 기업 이미지를 좋게 만들려고 만듦. • 공익 광고: 광고의 의도대로 생각하고 행동하게 하려고 만듦.	• 유명인을 닮고 싶은 사람들의 마음을 충동질함. • 돋보이고 싶은 욕구를 부추김. • 소비자의 **불 안 감**을 이용함.

2 (2) ○
광고에 과장된 내용이 없는지 확인하는 것이나 광고 내용이 사실인지 아닌지 확인하고 물건을 사는 것은 모두 광고를 비판적인 시각을 가지고 보는 것입니다.

3 **예시답안** 광고에서 말하는 것이 실제로 그러한지 정보를 찾아보고, 그 제품이 나한테 꼭 필요한지 생각하면서 보는 자세가 필요하다. 왜냐하면 광고는 재미있는 내용이나 화려한 그림으로 보는 사람을 유혹하기 때문이다. 살 마음이 전혀 없던 최신 핸드폰도 멋진 광고를 보고 나면 사고 싶어지는 것처럼 말이다.

채점 Tip
1) 광고를 제대로 읽고 이해하는 방법을 이해하고, 생각을 명확히 썼는지 확인합니다.
2) 광고의 숨은 의도를 파악하고, 광고에 대한 비판적인 시각을 가지는 것이 필요하다는 등의 내용이 들어가 있는지 확인합니다.
3) 자신의 경험이나 주변에서 본 것을 예로 들면 좋습니다.

4 (1) 구매 (2) 욕구 (3) 유혹 (4) 광고

5 (1) 욕구 (2) 구매 (3) 공익 (4) 유혹

6 공익
'공공의 이익'은 '사회 전체의 이익'이라는 뜻의 '공익'과 비슷한 말입니다.

생각글 1 벌거벗은 임금님

74~75쪽

덴마크 작가 한스 안데르센의 동화입니다. 어느 날 치장하기를 좋아하는 임금님 앞에 사기꾼 재봉사들이 찾아와 '어리석은 사람에게는 보이지 않는 신비한 옷'을 만든다고 이야기합니다. 재봉사들이 옷을 만들어 왔지만 임금님 눈에도 신하들 눈에도 옷은 보이지 않았습니다. 하지만 눈에 보이는 척했습니다. 임금은 눈에 보이지 않는 옷을 입고 거리 행진까지 하게 됩니다. 사람들은 모두 옷이 보이는 척하는데, 한 아이가 "임금님이 벌거벗었다!"라고 진실을 말해 버립니다. 이 이야기는 권력 앞에 진실을 이야기하지 못하는 어리석은 모습과 다른 사람의 행동을 따라 하는 행동을 꼬집어 표현하고 있습니다.

> 1 ②　　2 ①　　3 아이　　4 ④

1 아이는 임금님을 보고 벌거벗었다고 사실대로 이야기합니다.

오답풀이
① 임금님 눈에는 새 옷이 보이지 않았습니다.
③ 임금님은 평소에 새 옷을 입고 뽐내며 행진하는 것을 즐겼습니다.
④ 사람들은 아이가 소리치기 전까지 임금님의 옷이 보이는 척 칭찬했습니다.
⑤ 사기꾼들은 아름다운 옷을 만드는 재단사라고 했고, 자기들이 만드는 옷은 신비한 옷이라고 했습니다.

2 ㉠은 사기꾼들이 만든 옷을 가리키는 것이 아니라, 임금님이 평소에 입던 일반적인 '옷'을 가리킵니다.

오답풀이
㉡~㉣은 사기꾼들이 만들었다는 '어리석은 사람에게는 보이지 않는 옷'을 가리키는 것입니다.

3 **보기**의 ㉮는 자신의 의견을 당당하게 밝히는 것을 두려워하지 않아야 한다는 내용이므로, 이에 해당하는 등장인물은 '아이'임을 알 수 있습니다.

4 **보기**에 제시된 사람들은 모두 자신의 의견이나 생각대로 하지 않고, 다른 사람의 의견이나 행동을 무조건 따라 하고 있음을 알 수 있습니다.

생각글 2 동조 현상

76~77쪽

다른 사람의 의견이나 행동을 따라 하는 것을 '동조 현상'이라고 합니다. 솔로몬 애쉬의 '선분 실험'은 이러한 현상을 잘 나타내 줍니다. 이런 동조 현상은 자신의 정보보다 다수의 정보를 더 믿을 만하다고 여기는 마음, 다른 사람이 하는 대로 해야 손해 보지 않는다는 생각, 또 다른 사람들의 인정을 받으려는 마음 때문에 생겨나는 것입니다. 그러므로 어떤 정보를 받아들이기 전에 그것이 맞는지 확인하고 올바른 결정을 할 수 있는 판단력을 길러야 합니다.

> **내용요약** 동조 현상
> 1 ②　　2 ③　　3 ㉮

1 '동조 현상'은 다른 사람의 의견이나 행동을 따라 하는 현상으로, 다른 사람이 하는 대로 해야 손해 보지 않는다고 생각하거나 인정받고 싶은 마음에 의해 나타나는 현상입니다.

2 '동조 현상'은 다른 사람의 의견이나 행동을 따라 하는 것이므로, '자기는 하고 싶지 아니하나 남에게 끌려서 덩달아 하게 됨을 이르는 말.'인 ③이 어울리는 속담입니다.

오답풀이
① '등잔 밑이 어둡다'는 '대상에서 가까이 있는 사람이 도리어 대상에 대하여 잘 알기 어렵다.'는 말입니다.
② '언 발에 오줌 누기'는 '언 발을 녹이려고 오줌을 누어 봤자 별로 소용이 없다.'는 뜻으로, 잠깐 좋아지는 것처럼 보일지 모르나 그 효력이 오래가지 못할 뿐만 아니라 결국에는 일이 더 나빠짐을 비유적으로 이르는 말입니다.
④ '바늘구멍으로 황소바람 들어온다'는 '추울 때에는 바늘구멍 같은 작은 구멍에도 엄청나게 찬 바람이 세게 들어온다.'는 뜻으로, 작은 것이라도 소홀히 하여서는 안 됨을 비유적으로 이르는 말입니다.
⑤ '벼 이삭은 익을수록 고개를 숙인다'는 '교양이 있고 수양을 쌓은 사람일수록 겸손하고 남 앞에서 자기를 내세우려 하지 않는다.'는 것을 비유적으로 이르는 말입니다.

3 ㉮는 다수의 의견을 따르지 않고 자신의 의견을 말한 것이므로, '동조 현상'의 예가 아닙니다.

78~79쪽

1

동조 현상
다른 사람의 의견이나 행동을 **따라 하는** 것

동조 현상의 예	동조 현상이 일어나는 원인
「벌거벗은 임금님」에서 임금님이 벌거벗었다는 것을 알면서도 말하지 못한 사람들	• 자기 정보보다 다수의 정보가 더 믿을 만하다고 생각해서 • 다른 사람을 따라 해야 손해 보지 않는다고 생각해서 • 다른 사람들의 인정을 받고 싶어서

2 (1) ○
「벌거벗은 임금님」에서 사실을 말하지 않고 옷이 보이는 척 칭찬한 사람들이나, '선분 실험'에서 틀린 답에 동조하는 사람들은 모두 다른 사람의 행동이나 의견을 따라 하는 현상인 '동조 현상'을 보여 주는 것입니다.

3 （예시답안1） 많은 사람이 하는 대로 따라 하면 적어도 자기만 손해 보지는 않는다고 생각하기 때문이다. 길을 모를 때 많은 사람이 가는 길을 따라 가면 안전한 느낌을 받는 것을 예로 들 수 있다.
（예시답안2） 다른 사람의 의견을 따르면 소속감과 친밀감을 느낄 수 있기 때문이다. 친구들이 모두 아이돌에 관심이 있을 때, 아이돌에 관심이 없어도 관심 있는 척하면 친구들과 쉽게 친해질 수 있는 것을 예로 들 수 있다.

（채점 Tip）
1) '동조 현상'의 뜻을 정확히 이해하고, 그에 맞는 까닭을 썼는지 확인합니다.
2) '다수의 정보가 더 믿을 만하기 때문에', '다른 사람을 따라 해야 손해 보지 않는다고 생각해서', '다른 사람들의 인정을 받고 싶어서' 등의 내용이 들어가 있는지 확인합니다.
3) 다른 사람을 따라 했던 경험이나, 다른 사람이 그렇게 행동하는 모습을 본 경험 등을 예로 들어 설명해도 좋습니다.

4 (1) ㉢ (2) ㉡ (3) ㉠ (4) ㉣

5 (1) 의견 (2) 시늉 (3) 현상 (4) 동조

6 동조
'따르다'는 '남이 하는 대로 같이 하다.'라는 뜻을 가진 낱말이므로, '동조'가 비슷한 말입니다.

생각주제 **12**
돈은 왜 생겨났을까?

생각글 **1**
좋은 돈, 나쁜 돈, 이상한 돈

80~81쪽

돈이 생겨난 까닭을 초등학생과 '두통 씨'의 대화를 통해 알려 주고 있습니다. 두통 씨는 서로 필요한 물건을 교환하는 물물 교환을 하던 때 이야기를 들려 주며 물건에 대한 가치가 다르고, 또 사람마다 그 물건의 필요성이 다르기 때문에 기준이 되는 돈이 필요한 것이라고 설명합니다.

1 돈	**2** ⑤	**3** ③	**4** 구희

1 이 글은 돈이 생겨난 까닭을 대화글 형식으로 알려 주고 있습니다. 따라서 빈칸에 들어갈 알맞은 말은 '돈'입니다.

2 '딩동땡'은 틀리지도 않았지만 완전히 맞는 답도 아니었기 때문에 한 말로, 돈의 가치를 물건을 살 수 있는 것으로만 제한하여 말했기 때문에 이렇게 표현한 것입니다.

（오답풀이）
① 두통 씨는 돈의 가치를 완전히 틀리게 말하지는 않았지만 정확히 말하지도 못했다고 했습니다.
② 돈의 가치를 편리함으로 제한하지는 않았습니다.
③ 돈의 가치를 정확히 알고 있지 않았습니다.
④ 돈의 가치에 대해 시큰둥하게 대답하지 않았습니다.

3 ㉡의 앞에 물물 교환을 하다 보면 갈등이 생기게 된다는 내용과, 뒤에 가치를 재는 기준이 필요하다는 내용이 있으므로, ㉡에 들어갈 가장 알맞은 말은 ③ 물건의 가치가 다르기 때문이라는 말입니다.

4 이 글에서 돈은 상품의 가치를 재는 기능과, 물건이나 서비스로 교환할 수 있는 기능이 있다고 말했습니다. 돈에 신용을 평가하는 기능이 있다는 내용은 나와 있지 않습니다.

（작품읽기）

좋은 돈, 나쁜 돈, 이상한 돈
글 권재원
창비

책 소개
주인공 재원이 의인화된 저금통인 두통 씨와 나누는 흥미로운 대화를 통해서 돈이란 무엇인지 생각해 보게 만드는 책입니다. 돈의 역사와 발전 과정, 돈의 영향, 돈의 한계와 이를 극복하는 방법 등 돈에 대해 여러 가지 각도로 살펴볼 수 있습니다.

2 **돈의 유래와 발달**

82~83쪽

원시 시대 때 인류는 농사를 짓기 시작하면서 서로 필요한 물건을 교환하기 시작했고, 이후 물물 교환의 불편함을 해결하기 위해 물품 화폐를 만들어 썼습니다. 하지만 이 또한 불편한 점이 생겨 금속 화폐를 만들었고, 이를 발전시켜 동전을 만들고, 지폐를 만들어 사용하였습니다. 현재는 신용 화폐와 전자 화폐 등으로 더욱 발전했습니다. 화폐의 발달 과정을 살펴보며 화폐가 가치를 교환하기 좋은 방향으로 발달해 왔음을 이해합니다.

내용요약 가치

1 ①   **2** ㉮: 물물 교환, ㉯: 가치   **3** ㉢

1 이 글에 지폐의 문제점은 나타나 있지 않습니다.

오답풀이

② 3문단에서 금속 화폐는 가짜와 진짜를 구별하기 어려웠고, 일일이 저울에 달아 사용해야 해서 불편했다고 했습니다.

③ 1문단에서 물물 교환은 서로 필요한 물건이 다를 때가 많고, 바꾸려는 물건의 가치가 서로 달라서 갈등이 생겼다고 했습니다.

④ 4문단에서 지폐를 처음 만든 나라는 중국이라고 하였습니다.

⑤ 5문단에서 오늘날에는 동전이나 지폐도 쓰지만, 신용 화폐, 전자 화폐도 많이 쓴다고 하였습니다.

2 서로 필요한 물건끼리 맞바꾸는 것은 '물물 교환'이고, 화폐는 물건의 '가치'를 잴 기준이 필요해서 만든 것입니다.

3 화폐는 물건의 가치를 재고, 물건과 교환하고, 가치를 저장하는 일을 간편하게 할 수 있는 기능이 있습니다. 이런 내용이 드러난 부분은 ㉢입니다.

오답풀이

㉠은 물물 교환의 의미가 나타난 부분입니다.
㉡은 금속 화폐의 문제점이 나타난 부분입니다.
㉣은 동전의 문제점이 나타난 부분입니다.

84~85쪽

1
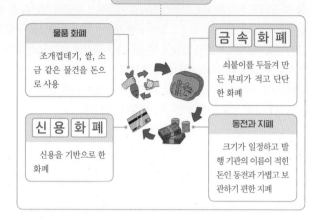

2 (3) ○
화폐에는 물건의 가치를 재는 기능과 가치를 교환하는 기능이 있습니다.

3 **예시답안** 처음에는 물물 교환을 했는데, 서로 생각하는 물건의 가치가 달라서 그 가치를 정하는 공통 기준이 필요했기 때문이다. 만약 사과를 가진 사람과 소를 가진 사람이 서로 교환을 한다면, 몇 개의 사과를 주고 소와 바꿔야 하는지 판단하기가 정말 어려웠던 것이다.

채점 Tip

1) 화폐가 생겨난 까닭과 발달 과정을 정확히 이해하고, 자신의 생각을 썼는지 확인합니다.

2) 화폐의 세 가지 기능에 대한 내용이 들어가 있는지 확인합니다.

4 (1) 가치 (2) 물물 교환 (3) 발행 (4) 신용

5 (1) 발행 (2) 가치 (3) 신용 (4) 물물 교환

6 (1) 화폐 (2) 신용

아메바를 닮은 로봇

86~87쪽

'나'는 어렸을 때 보았던 아메바의 특징을 살리면 재미있는 로봇이 나올 것 같다고 생각합니다. 그러다 장난감 가게에서 우연히 장난감 물 풍선 '워터 위글러'를 보고 누구도 보지 못한 새로운 아메바 로봇을 구상하였습니다. 아메바 로봇은 건물이 무너져 좁은 공간을 비집고 들어가야 할 때나 몸속을 관찰하는 내시경 등에 다양하게 쓸 수 있습니다. 데니스 홍 박사가 아메바를 떠올려 첨단 로봇을 만든 것을 통해 인간이 자연을 모방해 새로운 것을 만들어 낸다는 것을 이해합니다.

> 1 ③ 　 2 ② 　 3 ㉰ → ㉮ → ㉯

1 이 글은 자연에 해당하는 아메바에서 아이디어를 얻어 로봇을 만든 자신의 경험을 이야기하고 있습니다.

   오답풀이
   ① 이 글에 전문가의 말을 제시한 내용은 없습니다.
   ② 이 글에서 독자에게 질문하는 내용은 없습니다.
   ④ 이 글은 두 가지 사물의 공통점과 차이점을 설명하고 있지 않습니다.
   ⑤ 자신의 생각이나 느낌을 노래하는 느낌이 드는 말로 표현하는 것은 시입니다.

2 아메바 로봇은 아메바를 본떠서 긴 원통형으로 만들어졌습니다. 따라서 ② 원뿔 모양으로 만들어졌다는 것은 아메바 로봇의 특징이 아닙니다.

3 아메바 로봇은 '내'가 어릴 때 보았던 아메바를 떠올려 그 원리를 어떻게 로봇에 적용할까 고민하다가 아이들의 장난감을 보고 그 움직임을 로봇에 적용하여 만들었습니다.

   작품읽기

   로봇 박사 데니스 홍의 꿈 설계도
   글 데니스 홍
   샘터사

   책 소개
   어렸을 때부터 호기심이 가득했던 데니스 홍이 로봇 박사가 되기까지의 과정을 생생하게 담아낸 책입니다. 데니스 홍은 이 책에서 꿈을 향한 열정과 즐거움이 바로 자신의 재능이라고 말하면서, 어린이들이 자신만의 꿈을 발견하고 도전할 수 있는 용기를 갖게 되길 바라고 있습니다.

자연을 모방하는 까닭

88~89쪽

인간은 자연의 모습이나 기능을 많이 모방하는데, 이를 '생체 모방'이라고 합니다. 나는 새를 보고 생각해 낸 비행기, 도마뱀 발바닥을 모방해 만든 접착테이프, 우엉 씨앗을 본떠서 만든 벨크로 등 인간은 자연을 모방하여 많은 것들을 발명하였고, 이 발명품들은 사람들의 생활을 더 편리하게 만들어 주고 있습니다.

> **내용요약** 생체 모방
> 1 ④ 　 2 (1) ㉣ (2) ㉢ (3) ㉠ (4) ㉤ 　 3 ㉯, ㉱

1 1문단에서 생체 모방은 자연의 모습이나 기능을 따라 만드는 것이라고 하였습니다. 따라서 이 글의 내용으로 알맞은 것은 ④입니다.

2 독사의 어금니를 모방해서 만든 것은 피부에 붙여 통증 없이 약물을 넣는 패치형 주사기, 도마뱀의 발바닥을 모방해서 만든 것은 접착테이프, 새가 바람을 타고 나는 모습을 따라 만든 것은 비행기, 반딧불이가 빛을 내는 모습을 보고 더 발전시킨 것은 LED 전구입니다.

3 자연에는 인간이 생각하지 못하는 놀라운 과학적인 원리와 규칙이 숨어 있기 때문에 사람들이 자연을 모방하는 것입니다. 그리고 사람들의 생활을 더 편리하게 만들 수 있기 때문이기도 합니다.

   오답풀이
   ㉮ 자연의 기능을 더 향상시키는 것은 사람들이 자연을 모방하는 까닭이 아닙니다.
   ㉰ 자연이 풍요롭고 다양하며 끝없이 변화하는 것은 자연의 특징에 해당합니다.

   배경지식
   모방이란?
   모방이란 다른 것을 본뜨거나 본받는 것으로, 흉내 내기라고도 합니다. 이는 다른 사람의 행동을 관찰하고 따라 하는 행위이기도 합니다. 어린아이들이 어른을 모방하는 것은 사회 구성원으로서 아주 중요한 학습 능력입니다. 말하는 방법, 표정을 짓는 방법, 서고 걷는 방법 등을 모방해서 학습하며 어른으로 자라는 것입니다.

90~91쪽

1

생체 모방
자 연 의 모습이나 기능을 따라 만드는 것

예1 IT 분야	· **아 메 바** 를 모방한 데니스 홍 박사의 재주 많은 로봇
예2 과학	· 새가 바람을 타고 나는 모습을 모방한 비행기 · **도 마 뱀** 의 발바닥을 모방한 접착테이프 · 반딧불이를 모방한 LED 전구
예3 의학	· 모기 침을 모방한 원뿔 모양의 가느다란 주삿바늘 · 독사의 어금니를 모방한 패치형 주사기
예4 의상	· 우엉 씨앗을 본떠서 만든 벨크로 · 연잎의 모습을 응용해 만든 물에 잘 젖지 않는 옷감

2 (1) ㉡ (2) ㉠
비행기는 바람을 타고 나는 새의 모습을 모방한 것이고, 벨크로는 우엉 씨앗을 모방한 것입니다.

3 (예시답안) 인간이 만들어 낼 수 없는 놀라운 모습과 기능을 자연이 갖고 있어, 그것을 모방한 물건이 우리들의 생활을 더 편리하게 만들어 주기 때문이다. 평소에 접착테이프나 LED 전구를 보아도 아무 생각이 없었는데, 이번에 자연을 모방해서 만들었다는 것을 알게 되어 인상적이었다.

(채점 Tip)
1) 생체 모방의 개념을 이해하고, 사람들이 자연을 모방하는 까닭을 알맞게 썼는지 확인합니다.
2) 자연의 놀라운 모습이나 기능을 이용하여 우리 생활에 편리함과 풍요로움을 가져다줄 수 있다는 내용을 써 봅니다.
3) 벨크로, 접착테이프 등 자연을 모방해 만들어 낸 물건이나 발명품을 예시로 들어 주면 글이 풍부해집니다.

4 (1) ㉡ (2) ㉣ (3) ㉠ (4) ㉢

5 (1) **모방** (2) **자연**

6 **자연**
'사람의 힘이 더해지지 아니한 것'은 '사람의 힘이 더해지지 아니하고 저절로 생겨난 것'을 뜻하는 '자연'과 비슷한 말입니다.

생각글 **1** **팔만대장경과 불타는 사자**

92~93쪽

뇌운 스님과 번개, 리우는 팔만대장경을 만들고 있는 스님들의 모습과, 장경판전의 웅장한 모습에 놀랐습니다. 리우는 아빠와 함께 해인사에서 직접 본 장경판전을 떠올렸습니다. 뇌운 스님은 목판에 불경을 새기는 것은 불심을 모으고 부처님의 마음을 얻어 몽골군을 물리치려는 것이라고 알려 줍니다.

1 불경	2 ②	3 ④	4 ②

1 "여기 있는 목판 전체에 불경을 새긴다는 말씀이죠?"라는 리우의 말을 통해 스님들은 목판에 불경을 새기고 있음을 알 수 있습니다.

2 ㉡ '미로'는 '어지럽게 갈래가 져서, 한번 들어가면 다시 빠져나오기 어려운 길.'을 뜻하므로 불교와 관련이 없습니다.

(오답풀이)
㉠ '스님'은 불교에서 수행하는 '승려'를 높여 이르는 말이고, ㉢ '불경'은 불교의 가르침을 적은 글이며, ㉣ '불심'은 자비로운 부처님의 마음을 뜻하고, ㉤ '부처님'은 '석가모니'의 다른 이름으로, 불교의 중심이 되는 인물이므로 모두 불교와 관련이 있습니다.

3 뇌운 스님의 마지막 말을 통해 현재 고려는 몽골군의 침략을 당한 상황임을 알 수 있습니다.

4 스님들이 만들고 있는 것은 장경판전이 아니라 불경을 목판에 새긴 팔만대장경입니다.

작품읽기

팔만대장경과 불타는 사자
글 한정영
리틀씨앤톡

책 소개
비밀 역사 탐정단 Z인 리우가 받은 새 임무는 '모두를 구해서 고려를 빛나게 하라'는 것입니다. 리우는 이 임무를 받고 선원사 터와 전등사를 견학하다가 선원사에서 만들어진 팔만대장경이 합천 해인사로 옮겨진 것이라는 사실을 알게 됩니다. 그리고 고려 시대로 시간 여행을 가지요. 그곳에서는 선원사 승려들이 쳐들어온 몽골군을 물리치기 위해 목판에 불경을 새기는 중이었습니다. 리우는 번개와 뇌운 스님을 만나서 팔만대장경 만드는 일을 돕습니다.

2 팔만대장경과 장경판전

94~95쪽

팔만대장경은 고려 시대에 불경을 새긴 나무판을 말합니다. 이는 고려를 침입한 몽골군을 물리치기 위한 것으로, 팔만대장경을 만드는 과정은 많은 시간과 많은 노동력이 필요한 고된 작업입니다. 이런 고된 작업을 통해 만들어진 팔만대장경은 앞뒤에 새겨진 글자가 아름답고, 고려 시대의 뛰어난 목판 인쇄 기술을 볼 수 있어 유네스코 세계 문화유산으로 등재되었습니다. 그리고 조상들의 지혜로 만들어진 건축물인 '장경판전' 덕분에 현재도 잘 보존되어 있습니다.

내용요약 불교
1 팔만대장경, 장경판전   2 ②   3 ㉰, ㉱

1 이 글은 팔만대장경을 만드는 과정과 그 가치, 그리고 팔만대장경을 보관하고 있는 장경판전에 대해 설명하고 있으므로, '팔만대장경'과 '장경판전'이 가장 중심이 되는 말입니다.

2 **3**은 가지런하고 아름다운 글자, 뛰어난 목판 인쇄 기술 등 팔만대장경의 뛰어난 가치에 대해서 이야기하고 있습니다.

오답풀이
① 팔만대장경을 만든 까닭은 **1**문단에 나타나 있습니다.
③ 팔만대장경을 만드는 과정은 **2**문단에 나타나 있습니다.
④ 팔만대장경을 부르는 다른 이름은 이 글에 나타나 있지 않습니다.
⑤ 유네스코 세계 문화유산의 기준은 이 글에 나타나 있지 않습니다.

3 팔만대장경은 한 사람이 쓴 것처럼 글자가 가지런하고 아름다우며 잘못 쓴 글자나 빠진 글자가 없고, 고려의 뛰어난 목판 인쇄 기술이 담겨 있습니다. 또 오늘날까지도 잘 보존되어 있어서 유네스코 세계 문화유산으로 등재될 수 있었습니다.

배경지식

유네스코에 등재된 우리나라의 문화유산
우리나라의 문화재 중에 유네스코 세계 문화유산으로 등재된 것들이 많습니다. 세계 유일의 인조 석굴인 석굴암과 통일 신라 시대의 절인 불국사는 1995년 유네스코에 등재되었습니다. 세계에서 가장 아름다운 군사 시설로 손꼽히는 수원 화성은 1997년에, 청동기 시대 대표적 유적지인 고성과 강화, 화순의 고인돌 유적지도 세계 문화유산입니다. 또 안동의 하회마을과 경주의 양동마을도 2010년 유네스코에 등재되었습니다.

자란다 문해력

96~97쪽

1

팔만대장경
불교 **경 전**을 새긴 8만여 장의 나무판

만든 까닭	불교의 힘으로 **몽 골**의 침략을 받은 나라를 지키기 위함.
만드는 과정	좋은 나무를 찾아냄. → 바닷물에 3년 동안 담금. → 소금물에 삶고 말림. → 매끄럽게 다듬어 목판을 만듦. → 목판 위에 불경 적은 종이를 붙이고 글자를 새김. → 옻칠을 하고 구리판으로 모서리를 고정함.
가치	• 5천만 자가 넘는 글자가 가지런하고 아름다우며 잘못 쓴 글자나 빠진 글자가 없음. • 고려의 자랑스러운 **목 판 인 쇄** 기술을 보여 줌.

2 (1) ○
불경이 새겨진 목판의 수와 그 글자의 모양이 일정하고 아름답다는 내용을 통해 불경을 집대성한 팔만대장경에 대해 설명하고 있음을 알 수 있습니다.

3 **예시답안** 부처님의 가르침이 담긴 글을 새기며 부처님의 마음을 얻어 고려에 쳐들어온 몽골군을 물리치려고 한 것이다. 당시에 고려는 불교를 믿는 나라였기에 불경을 새기면서 민심을 하나로 모았을 것이다.

채점 Tip
1) 팔만대장경을 만든 당시 시대적 배경을 이해하고, 고려가 팔만대장경을 만든 까닭을 썼는지 확인합니다.
2) 불심으로 몽골군을 물리치고자 했다, 부처님의 말씀을 새겨서 널리 전하면 나라를 지켜줄 것이라는 믿음이 있었다 등의 내용이 들어가면 좋습니다.

4 (1) 불심 (2) 불경 (3) 보존 (4) 목판

5 장경판전

6 (1) 문화유산 (2) 보존하기
(1) '문화재'는 '문화 활동에 의하여 창조된 가치가 뛰어난 사물'이므로, '조상들의 문화 중에서 후손들에게 물려줄 만한 가치가 있는 것'을 뜻하는 '문화유산'과 바꿔 쓸 수 있습니다.
(2) '보호하고 간수하기'는 '망가지거나 없어지지 않게 보살펴 남기기'라는 뜻의 '보존하기'와 바꿔 쓸 수 있습니다.

생각글 1 은하 마을 수비대의 꿈꾸는 도시 연구소

98~99쪽

아파트 재개발을 앞두고 도시 공학자인 유정길 박사는 사람들에게 재개발이 아닌 지역 특색을 살린 도시 재생 사업 추진을 권하며 '도시 재개발'과 '도시 재생'에 대해 설명했습니다. 그러자 불독 할아버지를 비롯한 몇몇 사람들이 그런 설명회라면 필요 없다며 자리를 박차고 나가려고 했습니다. 유정길 박사의 설명을 통해 도시 재개발과 도시 재생의 차이를 알 수 있습니다.

1 ③   2 도시 재생   3 ㄹ   4 ㉯

1 유정길 박사가 아파트 안전 진단이 낮은 것은 하자 때문이 아니고 아파트는 꽤 튼튼하다고 하자, 불독 할아버지가 화를 내며 그런 설명은 필요 없다고 한 것으로 보아 불독 할아버지가 아파트 재개발을 찬성한다는 것을 알 수 있습니다.

2 이 글은 재개발을 찬성하는 은하 마을 아파트 주민들과, 도시 재생 사업을 추진해야 한다는 도시 공학자 유정길 박사 사이의 갈등을 보여 주고 있습니다.

3 도시 재개발로 인한 영향은 장점과 단점 모두 포함됩니다. 하지만 ㄹ지역 특색을 살리는 것은 도시를 재생할 때 나타날 수 있는 영향이므로, 도시 재개발의 영향으로 볼 수 없습니다.

오답풀이
㉠ 도시 재개발은 단기적으로 집값에 영향을 줍니다.
㉡ 도시 재개발은 상권에 안 좋은 영향을 주기도 합니다.
㉢ 도시 재개발은 녹지와 주변 생태계에 안 좋은 영향을 줍니다.

4 도시 재개발에 찬성하는 불독 할아버지의 말에 힘을 실어 주는 말이 이어져야 하므로, 재개발에 찬성하는 내용인 ㉯가 알맞습니다.

작품읽기

> **은하 마을 수비대의 꿈꾸는 도시 연구소**
> 글 오시은
> 주니어김영사

책 소개
지은 지 36년이 된 은하 마을 아파트가 안전 진단 검사에서 불합격 판정을 받으면서 개재발로 들썩이자, 이에 찬성하는 사람들과 반대하는 사람들이 맞서서 다툽니다. 이때 재개발이 되면 친구 하람이가 이사를 간다는 소식을 들은 도희가, 도시 공학자 유정길 박사와 함께 은하 마을을 재개발이 아닌 재생 도시로 탈바꿈시키기 위해 노력합니다.

생각글 2 도시를 살리는 방법

100~101쪽

도시는 살아 있는 생명체처럼 오래되면 여러 가지 문제가 생깁니다. 이런 도시를 살리는 방법은 '도시 재개발'과 '도시 재생'입니다. 도시 재개발은 원래 있던 건물들을 허물고 새로운 도시를 만드는 것이고, 도시 재생은 원래 있던 도시의 불편한 것들을 부분적으로 바꾸고 고치는 것입니다. 이 글을 통해 도시 재개발과 도시 재생 모두 장단점이 있음을 알게 됩니다.

내용요약 재개발, 재생
1 ③   2 ①, ④   3 ㉯   4 (1) ○

1 이 글은 도시를 살리는 두 가지 방법인 도시 재개발과 도시 재생의 개념과 각각의 장단점을 알려 주고 있습니다.

오답풀이
① 이 글에서 도시의 기능과 구조에 대한 내용은 찾을 수 없습니다.
② 이 글에서 도시 재개발을 막아야 한다는 의견은 찾을 수 없습니다.
④ 이 글에서 도시 재생으로 도시를 살리자는 제안은 찾을 수 없습니다.
⑤ 이 글에 도시가 살아 있는 생명체과 비슷하다는 이야기는 있으나, 그렇기 때문에 도시를 보호하자는 주장은 찾을 수 없습니다.

2 살아 있고 세월이 지남에 따라 병들고 늙는 생명체처럼, 도시도 밤낮없이 쉬지 않고 돌아가고 오래되면 문제가 생기기 때문에 도시를 생명체에 비유한다고 하였습니다.

3 ㉮와 ㉯는 모두 도시의 불편한 부분을 고치는 것이므로 도시 재생 방법이고, ㉰는 낡은 산동네 집을 허물고 새 아파트를 짓는 것이므로 도시 재개발 방법입니다.

4 글을 쓴 사람은 도시의 낡은 건물을 전부 허물고 새로 고층 아파트를 지을 때의 장점에 대해 이야기하고 있으므로, 도시 재개발에 찬성한다는 것임을 알 수 있습니다.

문학과 역사는 어떻게 다를까?

1

도시를 살리는 두 가지 방법	
도시 **재개발**	도시 **재생**
장점	
• 깨끗하고 편리한 환경에서 살 수 있음. • 복지와 문화를 충분히 누릴 수 있음.	• 지역 상권을 살림. • **생태계**를 보존하며, 마을의 특색을 살릴 수 있음. • 전통과 역사를 지킬 수 있음.
단점	
• 지역 상권이 무너지고, 생태계가 파괴됨. • 오랫동안 살아온 터전과 문화, 공동체가 많이 사라짐.	• 일자리가 새로 만들어지지 않음. • 살기 불편함.

2 (2) ○

광주의 송정역 시장과 부산 감천 마을은 기존의 모습을 살리면서 탈바꿈한 사례이므로, 도시를 부분적으로 고치는 도시 재생의 사례임을 알 수 있습니다.

3 예시답안1 도시 재개발, 새로 지은 집에 살면 깨끗하고 기분이 좋은 것처럼 도시도 마찬가지이기 때문이다.

예시답안2 도시 재생, 살아온 터전과 역사를 보존하면서 편리하게 고쳐서 살 수 있기 때문이다.

채점 Tip ▶

1) 도시 재개발과 도시 재생에 대해 정확히 이해하고, 타당한 까닭을 들어 썼는지 확인합니다.

2) 두 가지 방법 중 하나의 입장을 정하고, 그 까닭을 알맞게 썼는지 확인합니다.

4 (1) 하자 (2) 재생 (3) 재개발 (4) 재건축

5 (1) 도시 (2) 하자 (3) 녹지 (4) 재생

6 하자

'흠'은 '어떤 물건의 이지러지거나 깨어지거나 상한 자국.' 또는 '어떤 사물의 모자라거나 잘못된 부분.'을 뜻하므로, '흠이나 잘못된 점.'이라는 뜻의 '하자'가 바꾸어 쓸 수 있는 말입니다.

청나라 장수 용골대가 중전과 세자를 데려가자 박씨 부인은 뒤쫓아 갔습니다. 당장 풀어 주라는 말을 용골대가 듣지 않자, 박씨 부인은 주문을 외워 눈보라가 몰아치게 했고, 청나라 군사들은 돌처럼 굳었습니다. 용골대는 박씨 부인의 손에서 벗어나지 못할 것을 깨닫고, 목숨을 구걸한 뒤 중전과 세자를 풀어 주고 황급히 떠났습니다. 이를 전해 들은 인조 임금은 박씨 부인을 불러 고마움을 전했습니다.

1 청나라 **2** ⑤ **3** ② **4** ⓒ

1 이 글은 박씨 부인이 청나라의 용골대 군대를 물리치고, 인질로 잡혔던 중전과 세자를 구한 뒤 인조 임금을 만나는 내용입니다.

2 용골대의 말에 따르면 인조 임금은 청나라 군대에 항복하고 중전과 세자를 데려가도록 허락하였습니다.

오답풀이

① 이 글에는 박씨 부인이 주문을 외워 눈보라가 몰아치게 하는 도술을 부리는 장면이 나옵니다.

② 용골대는 칼을 버리고 꿇어앉아 목숨을 구걸했습니다.

③ 인조 임금은 박씨 부인이 중전과 세자를 구했다는 사실을 전해 듣고 박씨 부인을 궁궐로 불러 고마운 마음을 전했습니다.

④ 중전과 세자는 청나라 용골대의 군대에 잡혀가고 있었습니다.

3 ㉠ '돌이 된 것처럼'은 돌처럼 굳어져서 움직일 수 없음을 의미하는 말입니다.

4 **보기**의 밑줄 친 부분은 현실에서 일어날 수 없는 문학 특유의 초현실적인 일들을 말하는 것이므로, 주문을 외워 눈보라가 몰아치게 한 ⓒ이 알맞습니다.

작품읽기

조선의 여걸 박씨 부인

글 정출헌
한겨레아이들

책 소개

겉모습이 흉하다는 이유로 구박을 받고 여자라는 이유로 무시당하던 박씨 부인이 어려움을 극복하고 남자들도 못하는 일을 하면서 조선을 청나라로부터 구해 냅니다. 역사 속 병자호란에서는 인조 임금이 청나라 황제 앞에 무릎을 꿇고 항복해야 했습니다. 하지만 이 소설 속에서는 뛰어난 능력과 신기한 재주로 청나라 군대를 물리치고 나라를 구하는 박씨 부인의 모습을 통해 통쾌함을 느낄 수 있습니다.

생각글 2 문학과 역사

108~109쪽

문학은 역사적 사건이나 인물을 다루더라도 상상해서 만들어 낸 이야기이므로, 실제 역사와는 다른 부분이 많습니다. 병자호란을 역사와 다르게 풀어 낸 「조선의 여걸 박씨 부인」을 보면 잘 나타나 있습니다. 이렇게 역사와 다른 내용으로 문학 작품을 쓰는 것은 실제 역사에서 안타까웠던 부분을 고쳐 써서 독자들에게 통쾌감을 줄 수 있으며, 역사를 간접적으로 경험할 수 있기 때문입니다.

---

1 ④   **2** ①   **3** ㉮

---

1 「조선의 여걸 박씨 부인」의 주인공 박씨 부인은 실제 인물이 아니라 꾸며 낸 인물입니다. 소설 속 박씨 부인의 남편인 이시백은 실제로 병자호란 때 있었던 실존 인물이라고 했습니다.

2 이 글은 「조선의 여걸 박씨 부인」을 예시로 하여 실제 역사와 문학 작품의 같은 점과 다른 점을 설명하고 있습니다.

3 고려의 건국은 역사이며, 소설 「태조 왕건」은 고려의 건국이라는 역사적 사건을 바탕으로 쓴 문학 작품입니다. 그러므로 이 글에서 설명하는 역사와 문학 작품의 관계와 같습니다.

오답풀이

㉯ 신문 기사는 사실을 그대로 전달하는 매체이므로 역사와 문학의 관계는 아닙니다.

㉰ 사진은 문학 작품이 아닙니다. 따라서 역사와 문학의 관계는 아닙니다.

익힘학습 자란다 문해력

110~111쪽

1

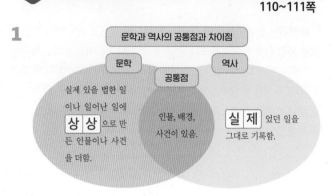

문학과 역사의 공통점과 차이점

문학 / 공통점 / 역사

실제 있을 법한 일이나 일어난 일에 **상상**으로 만든 인물이나 사건을 더함.

인물, 배경, 사건이 있음.

실제 였던 일을 그대로 기록함.

2 (2) ○ (3) ○

박씨 부인이 실제 있던 인물이 아닌 허구의 인물이므로, 이시백의 부인 박씨가 청나라 군대가 끌고 가던 인질을 모두 구했다든가, 청나라 장수 용골대가 박씨 부인 앞에 꿇어앉아 살려 달라고 빌었다는 내용은 모두 허구적 내용에 해당합니다.

3 **예시답안** 실제 인물이 아닌 허구의 인물이 나오거나, 실제로 없었던 사건을 더해서 꾸며 낼 수도 있다는 점이다. 이를 통해 작가는 독자의 아쉬운 마음을 해소해 주기도 하고, 이야기의 재미도 느끼게 해 준다.

채점 Tip

1) 문학과 역사의 같은 점과 다른 점을 파악하고 썼는지 확인합니다.

2) 문학과 역사의 다른 점인 상상으로 만든 인물이나 사건이 등장한다는 내용이 들어갔는지 확인합니다.

3) 주어진 내용에 이어서 쓰는 것이므로 주어진 내용과 문장 호응이 잘 이루어지는지 확인합니다.

4 (1) 실제 (2) 여걸 (3) 문학 (4) 상상

5 (1) 역사 (2) 실제

6 (1) 상상하며 (2) 여걸

(1) '옛이야기를 머릿속에 떠올리며'라고 하였으므로, '실제로는 없거나 보이지 않는 것을 머릿속에서 떠올리며'라는 뜻의 '상상하며'와 바꿔 쓸 수 있습니다.

(2) '용기가 뛰어나고 씩씩한 여성'은 '용기가 뛰어나고 씩씩한 기운이 넘치는 여자'라는 뜻의 '여걸'과 바꿔 쓸 수 있는 말입니다.

생각글 1 우리도 주식회사 한번 만들어 봐?

112~113쪽

태랑이는 만화책을 팔아 그 돈으로 장사를 하려고 해도 엄마가 만화책을 몽땅 친척 동생에게 보내서 할 수 없었습니다. 애덤 스미스 아저씨는 태랑이에게 자본이 없어도 장사를 할 수 있는 '주식회사'에 대해 알려 줍니다. 주식을 발행하고 여러 사람에게 투자받아 운영하는 주식회사 말입니다. 애덤 스미스 아저씨의 설명을 듣고 주식회사의 뜻과 탄생 배경 등을 알아봅니다.

> 1 주식   2 ④   3 채은   4 ④

1 주식회사는 주식을 발행하여 여러 사람에게 자본을 투자받아 운영되는 회사를 말합니다. 따라서 빈칸에 들어갈 알맞은 말은 '주식'입니다.

2 유럽의 상인들은 배를 타고 머나먼 곳인 아시아와 아프리카를 드나들며 장사하는 것에 따르는 많은 위험을 여럿이 조금씩 나누어 갖기 위해 ㉠과 같은 결정을 내렸습니다.

3 주식회사는 여러 사람에게 자본을 투자받아 운영되는 회사입니다. 그 여러 명의 사람이 회사의 주인인 주주이고, 이익이 생기면 투자한 만큼 이익을 나눠 갖습니다.

4 글의 마지막 부분에 나온 태랑의 말을 통해 태랑과 완진이 친구들에게 만화책을 투자하도록 설득하여 장사하는 내용이 이어질 것을 짐작할 수 있습니다.

오답풀이
① 아저씨가 주식을 가지고 있는지는 글에 나타나지 않습니다.
② 배를 타고 만화책 사업을 한다는 내용은 글과 연결되지 않습니다.
③ 아저씨가 이미 주식회사에 대해 알려 주었으므로 이어질 내용으로 알맞지 않습니다.
⑤ 부모님한테 만화책 구입 자금을 부탁한다는 내용은 글의 마지막과 연결되지 않습니다.

생각글 2 주식과 주식회사

114~115쪽

「애덤 스미스 아저씨네 경제 문구점」의 태랑은 친구들에게 중고 만화책을 투자받아 판매를 하고 수수료를 받은 뒤 투자한 만큼 이익을 돌려주기로 했습니다. 이러한 형태의 회사를 주식회사라고 합니다. 주식을 가진 주주는 회사의 이익에 따라 투자한 돈을 잃기도 하고 벌기도 합니다. 따라서 주식 투자는 투자할 회사에 대한 정보를 정확히 알아보고 신중하게 해야 합니다.

> **내용요약** 주식, 주주
> 1 ④   2 (3)   3 동희

1 이 글에 주식 시장의 크기에 대한 설명은 나와 있지 않습니다.

오답풀이
① 주주의 뜻은 2문단에 나와 있습니다.
② 주식의 뜻은 2문단에 나와 있습니다.
③ 주식 거래 방법은 4문단에 나와 있습니다.
⑤ 주식 투자할 때 유의점은 3문단에 나와 있습니다.

2 2020년에 하나교육의 주식을 사서 2023년에 팔았다면 주식값이 40,000원으로 같기 때문에 이익을 얻지 못했을 것입니다.

3 동희는 앞으로 중요해질 환경 문제에 대해 파악하고 관련된 회사에 투자했다고 했으므로, 이 글에서 설명한 방법에 알맞은 내용입니다.

오답풀이
민아: 자신이 좋아하는 아이돌이 광고하는 회사라는 이유로 그 회사의 주식을 사는 것은 아무 정보도 알아보지 않고 투자한 것이므로 이 글에서 설명한 투자 방법이라 할 수 없습니다.
은호: 아빠를 무조건 믿고 스스로 정보를 찾아보지 않는 것은 이 글에서 설명한 투자 방법이라 할 수 없습니다.

> **배경지식**
>
> **투자의 달인, 워런 버핏**
> 워런 버핏은 미국의 투자자로, 버크셔 해서웨이라는 투자 회사의 대표입니다. 그는 11살 때 처음으로 주식 투자를 시작했습니다. 워런 버핏은 주식 투자 중 가치 투자 방식의 달인입니다. 그는 주식 투자란 기업의 가치를 두고 투자해야 하는 것이며, 오랜 기간 해야 하는 것이라고 말합니다.

익힘학습 자란다 문해력

116~117쪽

1

```
주식과 주식회사
```

주식회사	주식과 주주	주식 투자
• 1600년대에 유럽의 상인들이 배를 타고 나가는 무역 사업을 하는 데 필요한 자금을 여러 명이 나눠서 내는 것에서 시작됨. • 주식을 발행해서 여러 사람에게 자본을 투자받아 운영됨.	• 주식은 주식회사 투자자들이 투자한 금액을 공식적으로 증명해 주는 서류임. • 주주는 주식을 갖고 있는 사람임.	• 주주는 투자한 회사에 이익이 생기면 돈을 벌고, 손해가 생기면 돈을 잃음. • 주식은 증권 회사나 애플리케이션을 통해 사고팔 수 있음. • 주식 투자를 할 때는 경제 흐름이나 회사 정보를 알아보고 신중히 해야 함.

2 주식회사
주식회사는 주식을 발행하여 여러 사람에게 자본을 투자받아 운영되고, 투자한 사람인 주주가 회사의 주인입니다.

3 (예시답안 1) 긍정적으로 생각한다. 어릴 때부터 주식 투자를 하면 세상을 보는 눈도 길러지고, 돈에 대한 가치도 잘 느낄 수 있기 때문이다.
(예시답안 2) 부정적으로 생각한다. 어릴 때부터 주식 투자를 하여 돈에 너무 관심을 쏟다 보면 공부나 인성 같이 더 중요한 것을 놓칠 수도 있기 때문이다.

(채점 Tip)▶
1) 주식과 투자의 뜻을 정확히 이해하고 자신의 생각을 썼는지 확인합니다.
2) 자신의 입장을 결정하고, 그 생각을 뒷받침해 줄 타당한 근거를 썼는지 확인합니다.
3) 주어진 내용과 문장 호응이 잘 이루어지는지 확인합니다. '나는 ~에 대해'라는 표현이 주어졌으므로, 먼저 자신의 생각을 표현하고 그에 대한 까닭을 쓰는 것이 자연스럽습니다.

4 (1) ㄹ (2) ㄴ (3) ㄷ (4) ㄱ

5 (1) 손해 (2) 주식 (3) 투자 (4) 주주

6 손해

생각글 1 꼭 비누로 손을 씻어야 하나요?

118~119쪽

사람의 손은 적절한 온도와 습기가 있기 때문에 세균이나 바이러스 같은 병원균이 살기에 아주 적당한 곳입니다. 대부분의 세균은 우리 손을 거쳐 몸속으로 들어오게 되는데, 우리는 손으로 한 시간에 23번 정도 얼굴을 만지기 때문에 손을 제대로 씻어야 병에 걸리지 않습니다. 또 손을 씻을 때는 꼭 비누로 씻어야 합니다. 그래야만 비누가 세균의 세포막을 녹이고, 바이러스의 지방질 성분을 녹여서 손에서 떨어지기 때문입니다.

1 비누	**2** ㉮ 손, ㉯ 얼굴	**3** ⑤

1 이 글은 비누로 손을 씻어야 하는 여러 가지 이유를 설명하고 있으므로, '비누로 손을 씻어야 하는 까닭'이 중심 내용입니다.

2 문고리, 수저, 안경 등의 물건을 만지면 세균이 손으로 옮겨 갑니다. 그렇게 세균이 옮겨 간 손으로 얼굴을 만지면 얼굴에 있는 눈, 코, 입 등의 점막으로 세균과 바이러스가 침투합니다. 따라서 ㉮에 들어갈 알맞은 낱말은 '손'이고, ㉯에 들어갈 알맞은 낱말은 '얼굴'입니다.

3 손을 씻을 때 비누를 사용해야만 세균의 세포막을 녹여 손에서 떨어져 나가게 한다는 내용이 5문단에 나와 있습니다.

작품읽기

과학관으로 온 엉뚱한 질문들
글 이정모
정은문고

책 소개
국립과천과학관에서 근무하는 이정모 관장이 강연장이나 과학관에서 받는 수많은 질문들 중 엉뚱한 71개의 질문을 모아 유쾌하고 재치 있게 답변을 달아 엮은 책입니다. 사람은 밤에 왜 꿈을 꾸는지, 쌍둥이는 지문이 같은지 등 엉뚱한 질문에 눈높이에 맞는 쉬운 답변을 달아 과학에 대한 흥미를 갖게 합니다.

생각글 2 질병을 일으키는 세균과 바이러스

120~121쪽

우리 곁 어디에나 존재하는 세균과 바이러스는 우리 몸에 병을 일으키는 병원체입니다. 세균은 혼자 살 수 있으며, 사람에게 해가 되는 것과 도움이 되는 것이 있습니다. 그러나 바이러스는 혼자 살 수 없으며, 대부분 인간에게 해로운 것입니다. 하지만 손 씻기를 잘하면 세균이나 바이러스가 몸속으로 들어오지 못하도록 예방할 수 있습니다. 이 글을 통해 세균과 바이러스에 대해 알고, 손 씻기의 중요성을 깨닫게 됩니다.

내용요약 병, 손 씻기

1 ①, ⑤ **2** ㉮ 단백질, ㉯ 기생 **3** ㉰

1 이 글은 질병을 일으키는 병원체인 세균과 바이러스에 대해 설명하고 있으므로, 가장 중심이 되는 말은 '세균'과 '바이러스'입니다.

2 바이러스의 특징에 대한 설명은 3문단에 잘 나타나 있습니다. 바이러스는 핵산과 단백질과 외피로 이루어지며, 다른 생물에 기생해서 살아갑니다.

3 ㉠은 손만 잘 씻어도 세균이나 바이러스로부터의 감염을 예방할 수 있다는 것이므로, 이 근거 자료로는 손 씻기의 효과를 실험한 결과인 ㉰가 알맞습니다.

오답풀이

㉮ 올바른 손 씻기를 하는 사람의 비율에 대한 자료이므로 '손 씻기를 생활화하고 있다' 또는 '손 씻기를 실천하는 사람이 많다'의 근거 자료로 활용될 수 있습니다. 하지만 ㉠을 뒷받침할 자료로는 알맞지 않습니다.

㉯ 병원성 대장균이 기온이 높을 때 더 번식한다는 내용의 자료이므로 ㉠을 뒷받침할 자료로 알맞지 않습니다.

122~123쪽

1

바이러스

• 0.2~10마이크로미터 크기임.
• 핵산, 단백질, 세포막, 세포벽으로 이루어져 있음.
• 스스로 생존이 가능함.

공통점
• 질병을 유발할 수 있는 병원체
• 눈으로 볼 수 없음.

 세 균

• 세균의 100분의 1~1,000분의 1 크기임.
• 핵산, 단백질, 외피로 이루어져 있음.
• 인간, 동물, 식물 같은 다른 생물에 기생해야 살아갈 수 있음.

2 (3) ○ (4) ○
(1) 세균과 바이러스는 작아서 눈으로 볼 수 없습니다. 그래서 세균은 광학 현미경으로 볼 수 있고, 바이러스는 확대가 더 많이 되는 전자 현미경으로 볼 수 있습니다.
(2) 바이러스가 일으키는 감염병은 감기, 독감, 홍역, 코로나 19 등입니다. 결핵, 파상풍, 콜레라는 세균으로 인해 생기는 질병입니다.

3 (예시답안) 우리가 평소에 손을 많이 사용하고 손이 세균과 바이러스가 살기 좋은 환경이기 때문이다. 손 씻기는 손으로부터 세균과 바이러스를 떼어 내는 역할을 해서 몸을 건강하게 만들어 준다.

채점 Tip
1) 손 씻기의 중요성과 효과에 대해 정확히 이해하였는지 확인합니다.
2) 손은 세균의 온상이라는 것, 손을 통해 병에 감염된다는 것, 비누로 손 씻기를 하면 세균과 바이러스를 없앨 수 있다는 것 등 앞서 배운 내용을 바탕으로 썼는지 확인합니다.

4 (1) 침투 (2) 세균 (3) 온상 (4) 기생

5 (1) 침투 (2) 세균 (3) 바이러스 (4) 기생

6 기생
'생물에 기대어 산다.'고 했으므로, '한 생물이 다른 생물에 붙어서 양분을 얻어 살아감.'이라는 뜻을 가진 '기생'이 뜻이 비슷한 말로 알맞습니다.

1 수를 나타내는 십진법

124~125쪽

우리가 흔히 사용하는 십진법은 0부터 9까지의 수를 가지고 나타내는 것으로, 사람이 사용하기에 가장 편하고 자연스러운 규칙입니다. 십이진법은 열두 달이나 연필 한 묶음을 나타낼 때 쓰고, 이진법은 컴퓨터 언어 등으로 사용됩니다.

---

1 ①, ⑤   **2** (2)   **3** ㉰, ㉱

---

1 십진법은 자리가 하나씩 올라갈 때마다 자릿값이 열 배씩 커집니다. 그리고 사람의 손가락이 열 개이기 때문에 자연스럽게 십진법을 많이 사용하게 되었습니다.

오답풀이
② 1문단에서 십진법은 0부터 9까지 10개의 숫자를 사용하여 수를 나타낸다고 하였습니다.
③ 3문단에서 로마 사람들이 돈의 양, 길이, 넓이, 부피, 무게 등을 잴 때 십이진법을 사용했다고 하였습니다.
④ 3문단에서 십진법은 1, 2, 5, 10, 4개의 숫자로 나눌 때만 딱 떨어진다고 했습니다.

2 3문단에서 십진법에 비해 십이진법이 나누는 것이 쉽다고 하였으므로, (2)번이 십이진법의 장점입니다.

3 이진법은 0과 1만으로 모든 수를 표현하는 것이므로, 두 가지로만 표시되는 모스 부호와 바코드가 알맞은 예입니다.

배경지식

생활 속 육십진법
육십진법은 60씩 한 묶음으로 하여 자리를 올려 가는 방법으로, 옛날 바빌로니아에서 사용된 진법입니다. 이는 현재 60초를 1분, 60분을 1시간으로 하는 시간 단위에서 사용하고 있습니다.

---

2 컴퓨터 언어, 이진법

126~127쪽

컴퓨터는 0과 1로 수를 표기하는 이진법으로 문자, 숫자, 이미지, 동영상 등 다양한 정보를 저장하고 처리합니다. 열 개의 신호를 인식하는 것보다 0과 1이라는 두 개의 신호를 인식하여 정보를 처리하는 것이 더 빠르고 편리하기 때문입니다. 컴퓨터가 이진법으로 어떻게 정보를 저장하고 처리하는지 알아봅니다.

내용요약 이진법
1 ③   **2** ㉰   **3** ㉮

---

1 이 글은 컴퓨터가 사용하는 언어인 이진법이 무엇이고, 컴퓨터가 0과 1만으로 어떻게 정보를 저장하고 처리하는지 설명하고 있습니다. 따라서 '컴퓨터의 언어인 이진법'이 이 글의 중심 내용입니다.

오답풀이
① 이 글에 이진법의 문제점은 나타나 있지 않습니다.
② 이 글에 스위치의 종류와 특징은 나와 있지 않습니다.
④ 십진법을 만든 사람들이 아니라 이진법을 컴퓨터 언어로 발전시킨 과학자에 대한 내용이 나타나 있습니다.
⑤ 글의 마지막 부분에 컴퓨터의 이미지를 나타내는 방법이 나타나 있지만, 글 전체를 아우르는 중심 내용으로 적절하지 않습니다.

2 컴퓨터가 이진법을 사용하는 까닭은 너무 많은 신호로 처리하는 것보다 두 개의 신호로 처리하는 것이 빠르고 편리하기 때문이라는 내용이 4문단에 나옵니다.

3 컴퓨터는 전기가 끊어져 신호 없음이면 '0', 전기가 연결되어 신호가 있으면 '1'로 나타내므로, 불이 켜지려면 ㉮처럼 표시되어야 합니다.

자란다 문해력

128~129쪽

1

수를 표시하는 규칙
몇 개의 기본 숫자를 이용하여 수를 표시하며 자릿값이 올라감에 따라 수가 일정하게 커짐.

이진법	십진법	십이진법
• 0과 1 두 개의 숫자로 수를 표기. 수 자리가 하나씩 올라가면 자릿값이 2배씩 커짐. • 컴퓨터 언어로 쓰임.	• 0~9까지 10개의 숫자로 수를 표기. 수 자리가 하나씩 올라가면 자릿값이 10배씩 커짐. • 가장 널리 쓰임.	• 0~12까지 12개의 숫자로 수를 표기. 옛날 로마에서 많이 사용했던 진법임. • 일 년이 열두 달인 이유.

2 (1) ○
스위치 전원과 바코드는 모두 두 가지 숫자를 조합하여 일을 처리하고 정보를 저장하고 있으므로, 이진법의 사례임을 알 수 있습니다.

3 (예시답안) 0과 1로만 되어 있어서 처리 속도가 빠르고 편리하며 신호가 딱 두 개뿐이어서 오류도 적기 때문이다. 컴퓨터가 모든 그림과 글, 정보를 두 개의 숫자로 처리한다는 것을 이번에 처음으로 알게 되어 신기했다.

(채점 Tip)
1) 이진법에 대한 내용을 정확히 이해하고, 컴퓨터가 이진법을 쓰는 까닭을 썼는지 확인합니다.
2) 이진법은 0과 1로만 숫자를 나타내어 여러 숫자를 쓰는 것보다 두 개의 수를 쓰는 것이 오류가 적다는 것, 컴퓨터가 신호 있음과 없음 두 가지만 인식하는 것이 빠르고 정확하다는 것 등의 내용이 들어가 있는지 확인합니다.

4 (1) ㉡ (2) ㉣ (3) ㉢ (4) ㉠

5 (1) 입력 (2) 스위치 (3) 자릿값 (4) 명령

6 명령
'어떤 동작이나 작업을 하도록 시키는 것'은 '컴퓨터가 작동하고 일을 처리할 수 있도록 지시함.'이라는 '명령'과 뜻이 비슷한 말입니다.

해피 급식 데이

130~131쪽

'나'는 학교 급식에서 맛있는 음식이 나오는 '해피 급식 데이'를 기다리는데, 누구나 좋아하는 햄버거가 나왔습니다. '나'는 맛있게 급식을 먹고 나서 집으로 돌아가서 자랑합니다. 아빠는 일반 매장에서는 값싼 수입산 재료를 많이 사용하므로 햄버거는 되도록 먹지 말라고 말합니다. 이에 '나'는 햄버거의 재료가 어디에서 나는지 알아보게 됩니다.

1 ⑤	2 ⑤	3 ③	4 미국

1 이 글은 학교에서 급식으로 햄버거를 먹은 '내'가 햄버거의 재료에 대해 알아보면서 앞으로 음식을 먹을 때는 재료가 어디에서 왔는지 꼼꼼히 따져 보아야겠다고 다짐하는 내용입니다. 따라서 먹거리 재료가 어디에서 왔고, 어떤 위험성이 있는지 알아야 한다는 내용이 이 글에서 말하고자 하는 것임을 알 수 있습니다.

(오답풀이)
① '나'의 아빠가 값싼 수입산 재료를 많이 사용하는 일반 매장의 햄버거를 먹지 말아야 한다고 말하기는 하지만, 글 전체에서 전하고자 하는 내용으로 볼 수는 없습니다.
② 유전자 변형 식품이 패스트푸드에 많이 사용된다고 했지만, 무조건 위험하다는 내용은 이 글에서 찾아볼 수 없습니다.
③ 우리나라에서 생산한 농산물을 먹어야 한다는 내용은 이 글에서 찾아볼 수 없습니다.
④ 농약을 치지 않은 유기농 농산물만 먹어야 한다는 내용은 이 글에서 찾아볼 수 없습니다.

2 궁금한 점을 선생님께 여쭤보는 모습을 통해 호기심이 많은 성격임을 알 수 있습니다.

3 ㉡은 햄버거의 재료는 무엇인지, 그리고 그 재료는 어느 나라에서 왔는지 등을 빵, 패티, 토마토, 양상추, 양파, 케첩으로 요소를 나누어 설명하고 있습니다.

4 ㉢은 소고기가 어디에서 왔는지 들어가야 하는 부분이므로, **보기**의 첫 번째 그래프의 소고기 수입 국가를 보면 됩니다. 우리나라가 소고기를 수입하는 나라는 미국이 58.1%로 가장 높습니다.

우리가 먹는 음식

132~133쪽

사람은 스스로 에너지를 만들어 내지 못하기 때문에 음식을 통해 에너지를 얻습니다. 그런데 오늘날 우리가 먹는 음식은 대부분 산업형 농업으로 생산되고, 많은 재료들이 외국에서 들어오고 있으며, 빠르고 간편하게 조리되는 패스트푸드나 가공식품도 많습니다. 이러한 음식은 약품 처리 문제나 고열량, 영양소 파괴 등 다양한 문제를 안고 있습니다. 이 글을 통해 우리가 먹는 음식의 특징과 문제점을 알아봅니다.

> **내용요약** 산업형, 패스트푸드
> 1 ④, ⑤   2 ⑤   3 준호

1 우리가 먹는 음식은 패스트푸드나 가공식품이 많으며, 산업형 농업으로 대량 생산을 한다는 특징이 있습니다.

> **오답풀이**
> ① 4문단에서 우리가 먹는 음식은 빠르고 간편하게 조리되고 있다고 했습니다.
> ② 3문단에서 우리 땅에서 생산하는 것은 20퍼센트 정도밖에 안 된다고 했습니다.
> ③ 2문단에서 스스로 키워서 먹는 자급자족이 아니라 적은 비용으로 많은 양을 생산하는 산업형 농업 방식으로 생산한다고 했습니다.

2 **보기** 글의 내용은 우리가 먹는 음식의 문제점들을 해결하기 위한 방법을 제시하고 있으므로, 우리가 먹는 음식의 여러 가지 문제점을 모두 살펴본 다음인 **4** 뒤에 들어가는 것이 알맞습니다.

3 준호는 직접 심고 기른 재료로 만든 음식만 먹으라는 것으로 이해했는데, 현실적으로 어려운 일입니다. 또한 식품을 선택할 때 어디에서 왔는지 꼼꼼히 살펴야 하고, 패스트푸드와 가공식품을 줄여야 한다는 이 글의 내용을 잘 이해하지 못하고 말한 것입니다.

1

오늘날 우리가 먹는 음식의 특징	
생산 방식	적은 비용으로 많은 양을 생산하는 산업형 농업
생산지	많은 먹거리가 **외 국** 에서 들어옴.
조리 방식	기름에 튀기거나 고열에 조리하는 **패 스 트 푸 드**, 가공 식품이 많음.

> • 농약이나 약품 처리로 인해 인체에 해로울 수 있음.
> • 조리 방식으로 인해 고열량, 영양소 파괴 등의 문제가 생김.

2 (1) ○ (4) ○
오늘날 우리가 먹는 음식은 외국에서 들여오는 수입산 먹거리가 많다는 것과, 적은 비용으로 많은 양을 생산하는 산업형 농업 방식으로 생산된다는 문제점이 있습니다.

3 **예시답안** 외국에서 온 것이 많아 신선하지 않고, 여러 가지 약품 처리로 인해 위험하다는 것이다. 그런데 지금 우리가 먹는 음식 중 우리나라에서 생산하는 식량 비율이 20퍼센트 정도라고 하니 매우 심각한 문제이다.

> **채점 Tip**
> 1) 오늘날 우리가 먹는 음식의 문제점을 정확히 이해하고, 자신의 생각을 명확하게 써 봅니다.
> 2) 산업형 농업 방식, 외국산이 많은 것, 패스트푸드나 가공식품이 많은 것 등의 내용이 들어가 있는지 확인합니다.
> 3) 우리가 먹는 음식의 문제점들 중 한 가지를 골라 써도 되고, 여러 문제를 나열해도 됩니다.

4 (1) 원산지 (2) 유기농 (3) 수입산 (4) 농약

5 (1) 원산지 (2) 수입산 (3) 패스트푸드 (4) 농약

6 패스트푸드
'슬로푸드'는 자연에서 나고 자란 재료로 집에서 만든 음식을 말하는 것이므로, 뜻이 반대되는 말은 '주문하면 즉시 만들어져 나오는 식품.'을 뜻하는 '패스트푸드'가 알맞습니다.

달콤한 문해력 초등독해

학년별 시리즈 안내

추천 학년	단계	생각주제 영역
초 1~2학년	1단계	생활, 언어, 사회, 역사, 과학, 예술, 매체
	2단계	
초 3~4학년	3단계 Ⓐ	인문, 사회, 역사, 경제, 과학, 환경, 예술, 미디어
	3단계 Ⓑ	
	4단계 Ⓐ	
	4단계 Ⓑ	
초 5~6학년	5단계 Ⓐ	인문, 사회, 역사, 경제, 과학, 예술, 고전, IT
	5단계 Ⓑ	
	6단계 Ⓐ	
	6단계 Ⓑ	

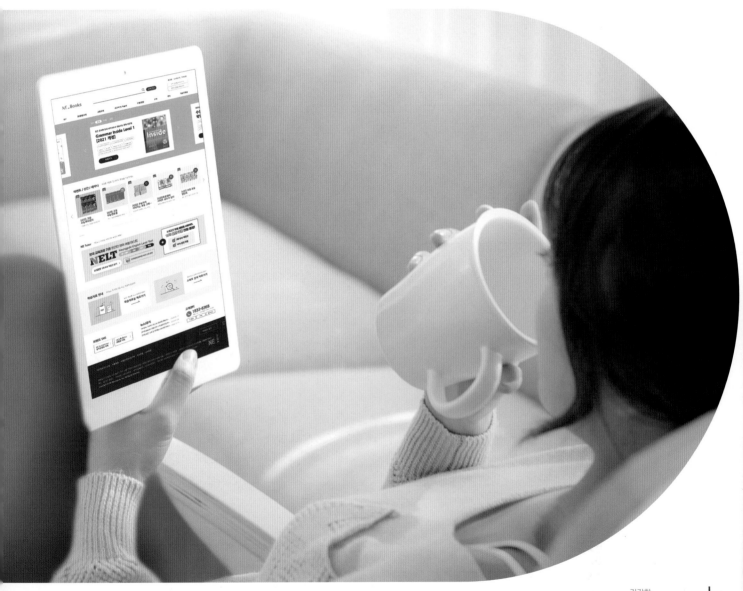